考えるよろこび

etō jun
江藤 淳

講談社文芸文庫

目次

考えるよろこび　七
転換期の指導者像——勝海舟について　四九
二つのナショナリズム——国家理性と民族感情　八七
女と文章　一二五
英語と私　一五三
大学と近代——慶応義塾塾生のために　一九九

資料1 二三八
資料2 二四〇
解説 田中和生 二四二
年譜 武藤康史 二五四
著書目録 中島国彦 二六四

考えるよろこび

考えるよろこび

講演日　一九六八年三月一三日
主　催　ヤング・セミナー
会　場　京王百貨店ダイヤモンド・ホール

I

私の演題は「考えるよろこび」というのでありますけれども、考えるという人間の行為にはいろいろな方向がある。大きく分けますとわれわれはたとえば自然について考えることができる。自然科学というものは、これは自然の構造や性質を考える学問です。たとえばそういう自然についての考察の中から、今日の文明をつくりあげている原子力から月ロケットにいたるまでの、さまざまな技術上の発見というものも生れる。ここでは、そういう人間の外側にあるものについて考えるという心の働きについては、触れないことにいたします。われわれはたしかに自然にとりかこまれて生きている。人間の体も、あるいは人間の心ですら、自然の一部とみなすことができます。科学的なものの考え方によれば、人間の精神というふうなものも医学的・心理学的な分析の対象になります。精神病理学・精神分析学などというものはそういう学問です。人間の肉体も、有機体の部品からでき上っている機械とみなして、心臓移植手術をすることもできます。ですから人間そのものを人間の外側に押し出して、これを一つの計量的実験の対象にすることもできる。これは人間に関する自然科学的な考え方ですが、こういう考え方については、私は今日は触れないことにいたします。またその資格もないからです。私は、やはり、人間をうちに含んで考えるという方向の考えかたについて、お話したいと思います。

たとえば、自然現象について考えているときには、人間はいくらでも客観的になることができる。客観的に観察して、いろいろ数をはかったり、量をはかったりしてその結果の正確を期することができる。ところがそこに自分がはいってきますと、人間はどうしても考えのなかに正邪とか美醜とか真偽とか、そういう価値判断を加えざるを得なくなる。このように人間をうちに含んでものを考えようとするとき、わたくしどもはどういう場合に、昂揚を感じるだろうかというと、まずなにかを発見したときだろうと思います。これは学問上の研究などでもそうで、どんなに些細なことでも、いままで気が付かずにいたことに気が付いたような場合です。そしてその発見がいろいろとほかの現象とからまりあって、案外大きなひろがりをもっていることがわかったような場合、そういうときに人間は喜ぶ。何か一種の昂揚を感じるのです。だけれども、どんな人間にとっても一番根本的な問題は自分ですから、自分についてなにかを発見したとき、わたくしどもは目からウロコがおちたような啓示を味います。他人のことはどうでもいいとは申しませんが、結局自分というものをひきうけて、わたくしどもは何十年も生きるのですから、この自分についての発見ということが、ものを考える上で一番根本的な基準になろうかと思うのです。

このことの重要性については、昔の人ははやくから気が付いておりました。自分は一体どういうものであり、どこから来てどこに消えて行くのか。自分の正体はいかなるものなのか。そしてその認識を通じて、自分がその一人であるところの人間というものの正体を考えると、それはどういうものになるのか。人間にとって生きるということの意味はどういうことだろうか。こういうことについての思索をはじめようとするとき、わたくしどもはいつの間にか自分を一つの基準にして考えはじめています。お隣のだれを基準にして考えるわけにもいかない。大体わたくしどもは、自分がそれほど追い詰められていないときには、何か他人のことを何やかやとあげつらうことができますけれども、少し深く考えようとすると、いつも自分を通じて人間を考えてしまう。自分を通じて社会を考え、歴史を考える。そういう考えの経路をわたくしどもは無意識のうちにたどっているのです。したがって、自分についての発見ということが、ものを考えるということの出発点でもあり、ゴールでもあるのではないかと思われます。

Ⅱ

さて、ところで古代ギリシャにソポクレスという劇詩人がおりました。紀元前五世紀のアテナイの人です。この人が『オイディプウス』という有名な戯曲を書いています。これは当時アテナイの町で演ぜられて大評判になり、今日でもギリシャ悲劇の最高の達成だとされている、傑作です。現在でも世界各国の学者によって研究されているし、ときには実際に演じられることもあります。このオイディプウス王の物語については、皆さんは「エディポス・コンプレックス」ということばでご存じでしょう。あのフロイトという人が、オイディプウス王の主題を人間の深層心理に隠されている一つの根本的なモチーフと考えて、精神分析学に応用して「エディポス・コンプレックス」という術語を作った。このことからもうかがわれるように、人間にとって根源的な問題をえがいてる劇であります。

どういう筋かといいますと、古代のギリシャにテーバイという都市があって、この都市をオイディプウスという王様が治めている。ご承知のとおりギリシャは小さな半島ですけれども、そのなかにいくつもの都市国家があって、そこに今日われわれが、民主主義と呼んでいる制度の一番古いかたちが発生したわけです。しかし、このオイディプウス王の物語は、それよりももっと古いギリシャ人にとっても伝説的な時代の物語です。この王様は非常な名君でありまして、私利私欲は少しもなく、責任をもって治めている民衆の幸福をいつでも考えている。誠心誠意王としての職責を果しているという、そういうりっぱな人物です。つまり、わたくしどもは普通の道徳的規範からして、オイディプウスの行いになにひとつ文句のつけようがない。ところが、この町にあるとき疫病が発生した。オイディプウスが自分の子供のように愛し、その運命をたいへん案じているテーバイの市民たちがこの疫病のためにばたばたと死んでいく。今日なら伝染病の病原体は何であろうかといって、たちまち科学的な調査が行われるのでしょうけれども、まだギリシャ人にとってさえ伝説の時代であった大昔のそのまた昔の話でありますから、神様のお告げを聞きに使者を立てました。ギリシャ人という民族は記紀・万葉のころの日本人と同じで、要するに八百《やお》万《よろず》の神様を信じている。いまのキリスト教・ユダヤ教の影響下にある西洋人のように、唯一神を信じているのではなく、オリュンポスの山の上にいる神々を信じていたのです。こういう疫病が起ったようなときに、神託を聞きに行く神様は、デルポイに神殿があるアポルロンの神です。そこには巫女《みこ》がいまして、それがこういうわけだから災いがテーバイの町に下ったのであると、そういう御託宣を下してくれる。このデルポイのアポルロンの神にうかがいを立てたところが何か穢《けが》れがあるというお告げが下る。テーバイの町には穢れがある。その穢れとは、道徳的な穢れである。道徳的な穢れが町を支配しているために疫病が起るのである。そういうお告げが下るのであります。そうすると、これはソポクレスけないの芝居のよくできているところですけれども、悲劇というものは、偶然に左右されてはいけない。主人公がその性格と与えられた状況からして、どうしても必然的にそう動かなければならない運命をたどっていくことによって破局に直面するというのが、悲劇の悲劇たる所以であります。オイディプウスは良心的な名君でありますから、王としての責任を果すためにも、何とかして一日も早くこの疫病の根源をつきとめなければならない。そのためにはテーバイの町に隠れているところの人倫にもとる穢れの原因をたずねなければならない。そういうわけで彼はいろいろと手をつくして疫病の原因を究明しようとする。そのうちにひとりの羊飼いが彼の前にひきたてられてくる。その羊飼いがどうもおかしなことを言っている。それはどうもオイディプウス自身に関する話のようなのです。それからだんだんその羊飼いと話しているうちに、オイディプウス自身の忘れていた過去がよみがえって来る。

オイディプウスはもともと、捨子であった。これは生れたときに神のお告げがあって、のろいを受けた子供だから捨てなければいけないといって捨てられる。彼は隣国コリントの王に育てられるのですが、あるとき自分が王の実子ではないという噂を聞かされ、デルポイの神託をあおぐと、「汝はその母と交り、父を殺さん」という恐しいお告げを受ける。このために、彼は自分の宿命を避けようとしてコリントを出奔し、諸国武者修行のようなことをしているうちに、三叉の街道で、ある余儀ない行きがかりから一人の男を殺してしまうのです。そののちに、彼はスピンクスの呪いにかかって苦しめられていたテーバイの人々を、この怪物を殺して救い、テーバイの王に推戴された。劇が進行するにつれて、彼が全く忘れていた彼の正体、つまりオイディプスという人間の、王オイディプスの正体というものが彼自身の前にあらわされて来る。ギリシャ劇というのはよくできていまして、主役のほかにコロスというものがあり、これがちょうど、見物人の代表のようになっている。劇中の人物なのですけれども、主要な人物たちに対して第三者の立場からいろいろ話しかけたり、同情したり、反撥したりするという、そういう役割なのですが、この『オイディプウス』ではまことに効果的にそのコロスが用いられています。そしてかたずをのんでみている観客の前で、オイディプウスの秘密が次々とたぐり出されて行く。その秘密とはなにかといいますと、オイディプウスが殺した男とは、ほかならぬ彼自身の父ライウス王で、オイディプウスが現に王妃として迎え、日夜生活を共にしているイオカステは、ほかならぬ自分の母親であるといういまわしい事実なのです。つまり呪は成遂《せいすい》されたのです。そうとは知らぬうちに、彼は結果的には父親を殺し、しかも母親と結婚するという人倫にもとる大罪を犯していた。それはオイディプウス自身の自覚的な努力、王としての良心、指導者としての潔白、個人としての人格の正しさなどによっては償うことのできない罪であった。彼が全く忘却していた過去から浮びあがってきた彼の正体。それこそが穢れであり、テーバイの町に疫病をもたらした原因だったのです。テーバイの中で最も人にうやまわれ愛され、かつ尊敬されていた王自身のその正体の中に、災いの総ての源があった。オイディプウスを、この真実に直面するように追いつめて行くのは、彼自身の自分を知りたいという追求欲にほかならない。ものを考えずにはいられないという、ある根源的な衝動にかり立てられて、彼は自ら破局に近づいて行く。この衝動を単に好奇心といっただけでは済まされない。そこにはもちろん、テーバイの町の災いをのぞきたいという公的な責任感もあります。とにかくこのような衝動に追い立てられて、彼はできることなら一生知らずに済ませてしまいたかったようなまがまがしい真実に直面してしまう。そのとき、一体オイディプウスはどうしたらいいか。彼はまだ王位についているのですから、このテーバイの町を災厄から救うために、何か決断力のある行為をしなければならない。けれども、彼のいま発見した自分についての真実はあまりにも残酷なものである。そうすると、オイディプウスはそこで何をするかというと、これはまあ舞台でみていても、たいへん感動的な場面でありますけれども、彼は自分で自分の両方の目をえぐり出してしまう。テーバイの王であったオイディプウスは、あたかも自分の前に突きつけられたいまわしい真実をみることに耐えないかのように、われとわが目を自分の手でえぐり取ってしまう。もちろんギリシャ悲劇は、大きな仮面をつけ、足駄のようなものをはいて演じるものです。象徴的なしぐさで演じるのですけれども、とにかく自分を罰するために目をえぐり出してしまうのです。

そうして彼は王位を去って行く。そういう穢れた人間が王でありつづければ、テーバイの町は繁栄することができない。オイディプウスは王としての最後の職責を果すために王位を去らなければいけない。盲目になったオイディプウスは、杖をつきながら一人の乞食になってテーバイの市門をあとにし、放浪の旅に出ていきます。

このオイディプウスの姿というものは、いうまでもなくまことにみじめなものです。しかし、そのみじめな姿が、ことばに表現し得ないようなある深い感動をあたえる。このように筋をお話しただけでは、あまりよくおわかりいただけないかもしれませんが、実際ソポクレスの戯曲を読みますと、この結末の場面でわたくしどもは一種、名状しがたい深い感動を覚えます。それは何かといいますと、どんな残酷なものであれ、勇気をふるって真実に直面することのできる人間を見る感動だろうと思います。知ることのおそろしさと、それに耐える勇気。オイディプウスの姿は、このふたつを象徴している。彼の姿はまことに悲惨なものでありますけれども、それを見ていると不思議なよろこびをあたえられる。あるいはいわくいいがたい精神の昂揚が感じられる。もはや彼は、肉体の目によっては見ることができない。しかし、盲目になった王の心の目は、彼がひきうけなければならない運命のかたちをはっきりと見つめている。もうごまかしも、いいわけもきかない。これが自分であり、その罪は自分が雄々しく背負っていかなければならない。……このようなオイディプウスの姿には威厳すら感じられる。そういう古代テーバイの伝説上の王の物語が、ソポクレスの力強い詩劇になって上演されるのを見て、アテナイの大きな野外円型劇場を埋めた観客たちは、そこに人間のあるべき姿を見たにちがいないと思います。ものを考える人間の姿。ものをつきつめて知ろうとする人間のおそれ。そしてものを考える人間が究極において持っていなければならない勇気。人間にとって一番重要なことは、自分を知ることである。結果がどのようなものであったとしても、それを黙って引き受けて、ぐちを言わずに運命を受容して歩いて行く。そういう力こそ人間を人間らしくするものであり、文明を支えるものであり、人間にもし尊厳というものがあれば、それはこのようなところにしかあらわれないということを、古代ギリシャ人たちは、オイディプウスの姿のなかに確認した。それは、いうまでもなく、彼ら自身の自己確認でもあったのであります。

Ⅲ

ギリシャの話ばかりで恐縮ですけれども、ソポクレスが『オイディプウス』の悲劇を書いてから、しばらく時代が下ったころにやはり同じアテナイの町にソクラテスという人が生れた。以前東大の大河内総長が、「諸君は肥った豚になるよりやせたソクラテスになれ」と卒業式の式辞でいわれたことがありましたが、そのソクラテスです。最近田中美知太郎先生のお書きになった本（『古典の世界から』講談社刊）で、いろいろソクラテスについて読んでるうちに、少しばかり考えることがあったものですから、今日の話の第二番目の主題として、ソクラテスのことを少しお話してみたいと思います。

ソクラテスはもちろん哲学者です。哲学は英語でフィロソフィーといいますが、このフィロソフィーというのは、ご承知の通り知恵を愛するという意味です。フィル、これはものを愛するということで、フィルハーモニイといえば音楽を愛するという意味ですし、フィランソロピイといえば人道主義という意味になります。ソフィアというのは知恵、知性。上智大学という大学がありますが、あれは英語ではソフィア・ユニバーシティといいます。あれはカトリックの信仰における知恵の、ソフィアというところから来ているのだろうと思います。そこでフィロソフィアでありますが、これはつまりものを考えることを喜ぶ、ものを考えることに喜びをみいだすという意味でしょう。むずかしいことばでいえば哲学ですけれども、ギリシャ人にはこのフィロソフィアということばは、おそらくわたくしどもが哲学ということばを聞いたときに感じるような堅苦しい、何だか白墨のにおいとドイツ語の辞書というイメイジのまつわりついたものとしては考えられていなかったにちがいない。哲学というとむずかしく、迂遠なものに聞えますけれども、ソクラテスがフィロソフィアといったとき、それはつまり考える喜びといった程度のものであったと思われます。このソクラテスという人は、一言も自分の考えたことを書き残していかなかった。彼はいつでも、ちょうどここに集った皆さん方のような若い人たちと話し合うことを好んで、対話（ディアレクティーク）という形式で考える喜びを味おうとした人だからです。彼のお弟子の中にプラトンという人がいて、このプラトンという人がさまざまな対話編の中に、ソクラテスのことばを書き残しておいてくれた。そのおかげでわれわれはソクラテスがどういう人だったかということを、今日うかがい知ることができる。考える喜びを説き、実際に自分でもそれを生きた人としてソクラテスという人がいた。この人は一体どういう人だったか。これは実在の人間ですから、わたくしどもは歴史的にソクラテスの生きていた時代を再現することができる。

田中美知太郎先生のご著書によってみると、この時代は驚くほどわたくしどもが今日そのなかで生きているこの日本に似ているのです。さっき申し上げた『オイディプウス』の作者ソポクレスですね、ソポクレスという人はペリクレス時代というアテナイの黄金時代に生れた劇作家ですが、ソクラテスは下り坂になったアテナイに生れ、敗戦国になってしまったアテナイで活躍した人なのです。アテナイという都市国家は、だいたい港であって、アテナイ人は航海術に長じていた商業国民である。相当強力な海軍をもっておりまして、地中海の貿易を独占していた。したがって国は富み、自由の気性にみちていて、古典的な民主主義の温床になったような、そういう国柄であった。ところがギリシャの都市国家群のなかにアテナイのライバルがあった。それはスパルタという国です。これは陸軍国で、非常にストイックな武断的な国でした。アテナイは商業と文化の国、スパルタは軍事、武人の国であると、そういうふうにみなされていた。ところがソクラテスの時代に、アテナイとスパルタとは三十年間の長い戦争に突入してしまう。ギリシャ人にとっては世界とはギリシャ、つまりペロポンネソス半島のことです。ギリシャという小さな半島がギリシャ人にとっての世界のすべてである。そこにこそ文明があり、そこにこそ知性がある。しかしその域外は、全部蛮人の住んでいる夷狄《いてき》の地か、ギリシャの植民地の世界であるとギリシャ人は考えていた。ですからこの三十年間続いたスパルタとアテナイの争い、ペロポンネソス戦争という戦争は、当時の世界大戦だといってもよろしい。そしてアテナイとスパルタ以外の小さな都市国家は、ちょうどこの前の世界大戦のときのように、二大国を中心にそれぞれ同盟を結びあってたがいに戦う。あげくのはてにアテナイは敗けてしまうのです。アテナイの民主主義とは、直接民主主義で、奴隷と外国人以外の市民は全部直接政治に参与する。しかもこれは戦争があれば、みんなそれぞれ一隊の長となって、奴隷の兵卒をひきいて戦わなければならない。ソクラテスという人は軍人でも何でもないけれども、彼はアテナイの市民としての義務を果すべく出征しまして、非常に勇敢に戦った。なかでも、デリオンの戦いでの活躍は目覚しかった。このデリオンの戦いというのは、いわば天下分け目の戦いの一つで、アテナイが結果的にはスパルタにさんざんに敗れてしまう。しかし、ソクラテスはそのとき一番最後まで戦場に踏みとどまっていて、味方を安全に落ちのびさせ、少しでも味方の犠牲を少くする役割をかってでました。軍人でも何でもないソクラテスが、後衛の部隊長をつとめて立派に責任を果した。彼はただの哲学者ではなくて、アテナイの市民としての義務に忠実な人であり、また熱烈な愛国者でもあったのです。しかしまた、こういうこともあった。戦争の終り近く、ペロポンネソス戦争が終ったのは紀元前四〇四年ですがその二年前の紀元前四〇六年に、アテナイの海軍がスパルタ側の海軍とアルギヌーサイという島の沖合いで交戦したことがある。この海戦ではアテナイ方の海軍が勝つのですけれども、当然味方にも犠牲者が出ました。アテナイの軍律からいうと、艦長たちは味方の犠牲者をちゃんと救いあげて、つれて帰って来なければいけないのですが、八人の艦長がその海戦で味方を救うのを怠ったという、そういう問題が起る。もともとアテナイは海上国家ですから、海軍を重く見ていて、陸軍には傭兵隊を使うことがあったけれど、海軍は市民が直接士官になっていた。それだけに責任追及もきびしかった。というようなわけで、アテナイの議会が軍法会議を組織して八人の艦長を糾問することになった。このときソクラテスはすでに復員しておりまして、裁判官側になる。アテナイの市民は、ときと場合に応じていろんな役割を果さなければならないのです。戦争中のことでもあり、アテナイ人たちはみんな頭がカッカしていますから、要するに艦長たちは悪いにきまっている。途中の事実審理は全部省略してしまって、早く有罪を宣告したほうがいいという意見が、アテナイの議会、民主的な議会だけれど、この議会で圧倒的に強くなる。ところがソクラテスは、そのときただ一人それに反対を唱えまして、裁判であるからには必ず被告人に対して公平でなければならない、事実審理を省略して、判決を下すなどというのはとんでもない話であるといって、孤軍奮闘して負ける。負けるどころか、自分まで告発されそうになる。しかし結局艦長たちは事実審理を省略されて断罪されてしまう。つまり彼はそういう筋を通す人なのですね。ところがその二年後に、今度はそもそもアテナイの町がひっくり返ってしまう、つまりスパルタに占領されてしまうのです。占領するといっても、アテナイとスパルタではあまり習慣が違いすぎて、直接軍事占領してもうまくいかないから、スパルタは一つの傀儡政権を樹立する政策をとりました。スパルタがしり押しをしてアテナイの民主政治を完全に否定するような革命を起させるんです。暴力で革命を起させる。そして一種の傀儡政権を樹立する。そうすると、ギリシャの昔でもいまでも、人間というものの本性はちっとも変っていないので、同じような敗戦現象が起ります。

　でき上った革命政府は戦争犯罪人の処罰をやりはじめる。つまり戦争中アテナイのために一所懸命戦った連中を全部戦争犯罪人に指名して、それを片っ端からやり玉に上げようとする。そのときソクラテスは、どっちかというとスパルタにわりあい好意的な人間だと見られておりました。なぜかというと、ソクラテスが、さっきも裁判のところで申し上げたように非常に公平な人であって、アテナイの町には誇るべき幾多の伝統があるけれど、同時にスパルタにもアテナイにはない幾多の美点があるとつね日頃からいっていたからです。そういうふうに公平に物事を見ようとする。彼は考えることを愛する人間ですから、ものごとを一面的に見ることをきらった。ものごとをつねに、多角的に見ようとする。そのために敵のスパルタにもいいところがあるということを誰はばからず言っていたのです。戦争中の日本で、アメリカにもりっぱなところがあるなどというと、売国奴だといわれましたけれども、それと同じようにソクラテスのような公平なことを言っていると、あいつはスパルタびいきだというふうに世間に見られていた。ですからスパルタ派の革命政府ができて、戦争犯罪人摘発をやり出したとき、ソクラテスはスパルタ派からお前も手伝えといわれた。そのとき、ソクラテスはどうしたかといいますと、呼び出し状を受け取ったきり、さっさと家へ帰ってきてしまったのです。つまり彼はスパルタ派の政府のために働くことを拒否してしまった。この革命政権は、もともと無理やりにつくったものですから、ちょうどアメリカの日本占領時代がそういつまでも続かなかったように、比較的短い間でつぶれてしまいます。もしつぶれていなければ、ソクラテスは必ずスパルタ派の革命政権に殺されてしまったに違いないといわれている。つまり彼は、死を賭して同胞を敵に売ることを拒否したのです。

そのあとに今度はアテナイの復興の時代が訪れる。三十年間続けさまに戦争をして、完全にたたきのめされた上、占領政権のようなにせの革命政権に物心両面にわたって苛酷な政治をされた。そのあとになってやっとアテナイ人が、自分たちの手でもう一度復興をはじめることができるようになったのである。そういう時代になると、これはちょうど現在の日本と同じようなもので、アテナイ人の気持にどことなく余裕がなくなってしまった。スパルタ的なものを排除し、何とかしてアテナイ的な精神を発揚させて、無理やりにでもどしどし復興していかなければならないという、そういう政策がとられる。そしてちょうど現在までの日本と同じように、まず物質の復興ということが重視される。戦争ですっかり荒れてしまった公共建築物、劇場とか神殿とかいうものを再建する。とにかく、長く続いた戦争のおかげでみんなが貧乏になっている。それに対して富を回復する、何とかしてアテナイの地中海貿易をもう一度復活させて祖国を富んだ国にしなければいけないという努力が懸命に行われる。ところがそのときソクラテスは何といったかというと、彼はそういうことばかりしていてもだめだと言ったのです。そういうふうに物質ばかりふやしてみても、いくらりっぱな神殿を再建してもだめである、といった。何が大事かというと、精神というものが大事である。精神というものをちゃんともっていないと、アテナイ人はだめになってしまうと言い出したのです。彼の目から見ると、かつて伝統を誇り、最もギリシャで進んだ文化を誇ったアテナイには、実は精神などというものはろくになくなってしまい、みんながガリガリの物質亡者になってしまって、むしろスパルタのほうにこそ精神的価値への尊重が見られるというような気さえした。しかもソクラテスは、そういうことを大人に演説してきかせても誰も聞いてくれないことがわかっていたので、もっぱら若い人に向って語りかけるようにした。若い人に対して、さっきも申し上げたように、対話という方法で精神というものがいかに大切であるかということを一所懸命説き続けたのです。民主主義の世の中というのは、皆さん方は非常にいい世の中だと思われるかもしれないけれども、人間の世の中である以上いやなところもたくさんある。アテナイという町は、人が人をあざけりあい、ちょっとまじめなことをいうとすぐにばかにするというような、そういう気風の強い町でした。それは考えてみれば当然のことです。民主主義というのは人間が考え得る政治の形態の中で相対的には害悪を及ぼすことの少い制度だとは思いますけれども、人間というものが聖人君子でない以上は、お互いに自由に言論を行っていれば、必ずお互いを傷つけ合うようなことにならざるを得ない。このようなわけでソクラテスにとってアテナイという町は少しも居やすい場所ではなかった。つまりソクラテスが時流に迎合しないで、人にわかりにくい言説をなそうとすると、アテナイの市民たちはみんなそれを嘲笑する。しかも古代のアテナイの民主主義はみんなが参加する民主主義ですから、今日のわれわれのように政治のことは選挙のときまであまり考えないというわけにいかない。誰でも男はみんな政治のことを考えてる。そして政治というものは必ず利害得失の世界ですから、これにそういう人の悪口の言い合いがからまってくると、まるで国会の真ん中で暮しているようなことになってくる。事実、アテナイの町というのは、市民たちの生活そのものが国会のようなものだったといってもよい。そういう喧騒をきわめた場所のまんなかで、ソクラテスはものを考えるということをしようとしたのです。ですから彼はしょっちゅうばかにされていた。ソクラテスという奴はへんな奴だ。だいたい顔をみたってアザラシが陸《おか》に上ったきりになったようなそういう顔してる。あまり風采も上らないし、なにかむずかしいことをもごもご言ってる。みんなうさんくさい奴だと思っていた。しかしソクラテスは、そういうアテナイという祖国に対して、非常な愛情を感じていたのです。それも決して盲目的な愛し方ではなく、非常に深い気持で愛していた。彼はアテナイの国土というよりは国民を愛した。彼に対して嘲笑を投げかけ、すぐ徒党を組んで政治的に行動し、自分の利害については計算高くて、いつも足のひっぱりあいをしているようなそういうこうるさいアテナイ人というものが好きだった。好きだったというか、それが自分の同胞であるからにはこのアテナイ人を何とかしなければいけないと思った。物質は簡単に復興できるけれども、精神はなかなかそうは問屋が卸さないから、彼は精神ということを言おうとしたのです。しかし、この精神というのはいったい何でしょうか。

この点にソクラテスという人の非凡なところがあると思います。彼は対話という方法で間接的に精神について語ろうとしていた。そこがちょっと日本の政治的指導者と違うところです。精神を復興しなければいけないと、こういったって、何をどうしていいか誰にもわかるはずがない。なにかこう剣道でも始めれば精神が復興するのか。それとも滝にうたれて「葉隠論語」でも読めば精神が復興するのかと、まあいろいろそういうことをわたくしどもは考えますけれども、こんなことをいくらやっても、うまくいかないことが多いのですね。ソクラテスはこれに対して人間にとってもっとも自然な、それによってしか正しく精神をつかむことのできない方法として対話を用いたのです。それはどういう方法かというと、精神のないとき何が起るかということを、具体例に即していろいろ考えようとした。精神が不在のときどういう不都合が起るかということを、彼は青年との対話を通じて発見していこうとしたのです。ここに一つの不都合がある、それはよく考えてみると精神が不在だからじゃないだろうかというふうに、そういう間接的な証明法によって彼は精神というものの意味を考えようとした。ちょうどペリクレス時代の健康なアテナイ人がソポクレスの『オイディプウス』にみたような、人間のあるべき姿、人間が自分の運命を勇敢に引き受けていけるような精神の気高さと悲惨さのなかの威厳、そういうものを何とかして、対話という間接的な方法によってですけれども、みんなに悟らせようと努力した。しかし、このソクラテスの努力は、一所懸命にアテナイを復興させよう、くだかれたアテナイ人の誇りを取り戻そうとしている政治家たちにとっては不愉快千万のものに思われた。ソクラテスという男のやっていることは大体まだるっこしくてしようがないし、彼はことごとにスパルタを引き合いにしながら、あまりスパルタの悪口を言わない。敵のことでも、自分たちにとって都合の悪いことであっても、彼がみて公平に正しいと思われることはちゃんとほめるようにした。そうするとこのソクラテスという人間は、アテナイの為政者にとってはどうもぐあいの悪い、指にささったとげのような存在に思われてくる。そのうちに、あるときメレトスという若い市民が、ソクラテスを告発しました。どういうかどで告発したかというと、ソクラテスはアテナイの神々ではない神々を礼拝し、邪教を青年の間に広めようとしている、あれはけしからん危険思想家であるというのです。これは全く根拠がない誹謗です。ソクラテスはあくまでもアテナイを愛していたアテナイ人であって、アテナイの神以外の神に対して何も捧物をしたことがない。いわんや彼はいま申し上げたように青年の中に、人間が人間らしく生きるために不可欠であって、しかも人間が最も見失いやすい精神というものを何とか根付かせようとして対話を繰り返して来た。まあ、東京のように千百万人もいるような大きな都会で〝対話〟などと言っても、あれはマス・ジャーナリズム用の〝対話〟にすぎませんが、古代ギリシャのアテナイなどという小さな都市国家では、みんなが街角で対話をしている。アテナイ人というのは自分の家に引きこもることが大きらいで、しょっちゅう外へ出てカンカンガクガクと喋り合っているから、ああソクラテスがいる、また喋っていやがるとすぐわかってしまう。そういうやりかたで対話をしていたのです。だからメレトスの告発にはなんの根拠もない。この、メレトスという男はどういう人間かというと、これはいうまでもなくファナティックです。つまり一種のイデオロギイにこりかたまった狂信者です。つまり、なんでもいい、アテナイのことはなんでもかんでも、みそもくそもいっしょくたにしていいという人間は愛国者である。しかしどんなに深くアテナイの運命を考えていても、悪口を言ったり批判がましいことをいったりするやつは全部非国民である、売国奴であるというふうに言って歩く職業的愛国者、こういうのがこの前の戦争中にもいました。まあ、いまでも同じような人々が形をかえて存在していると思います。メレトスというのはそういう職業的愛国者です。かといって、別にこの男も不真面目だったわけではないでしょう。メレトスはやはりほんとうにアテナイのことを憂えていたのかもしれない。彼は決して悪い人間ではなくて、むしろ単純な、善良な男だったのかもしれないけれども、往々にして始末が悪いのはこの手の単純な、善良な人間のほうです。メレトスの目からみるとソクラテスっていうやつは、とんでもないやつだと、異端者であると、こう思われた。それで彼は告発したのであります。

しかしもし、この単純な善良な職業的愛国者メレトスだけが告発したのなら、まあそういう人間はやはりどこか世間から軽蔑の目でみられていますから、それだけではソクラテスは罪に落されなかったかもしれない。ところが、さっきも申し上げたようにアテナイというのは街中が国会みたいな、そういうところですから、必ずこのような人身攻撃に政治的な意味づけがおこなわれる。

当時アテナイの政界を牛耳っていた人はアニュトスという人です。この人は非常に勢力のある政治家であって、しかも政治家としてなかなかやり手であった。一所懸命やる人であり、決して腐敗堕落した政治家ではなかった。アニュトスはアテナイを復興させ、アテナイの富とプレスティージを一日も早く回復しようとして刻苦勉励している政治家だった。だけれどそういう政治家の目からみても、やはりソクラテスという人は目の上のタンコブのように思われた。アテナイはいい国だ、これほど復興したではないか、とアニュトスが言おうとするとき、ソクラテスは、いやアテナイに精神は不在であると、すぐそばでまぜかえす。アテナイのこういう伝統はすばらしいというと、いやスパルタにも学ぶべきすぐれた伝統があるとソクラテスは言う。いくらソクラテスの言うことが一々もっともだとしても、そういうことをしょっちゅうそばで言われたら、政治家もカッカしてくるでしょう。だからあいつはやっつけてしまえということになって、アニュトスが裏から手をまわしてメレトスをあおったのです。政治というものには、どんな政治家がやってもこういういやなところがあります。アニュトスという人はおそらく当時のアテナイ市民にとっては、信頼するに足る世論の支持を得た指導者だったにちがいない。しかし、このアニュトスという、当時のアテナイの水準からしてりっぱな政治家が、なおかつメレトスなどという狂信者をつかって邪魔物を排除しようとするのですから、力と交渉を持った人間というものはおそろしいものです。

当時アテナイの陪審法廷は五百票くらいで構成されている。そこで一体ソクラテスは有罪であるか、反逆者であるかないかということについての投票をやった。そうすると二百八十一票対二百二十票ぐらいで有罪という判決が下された。次にもう一度、今度は量刑の判決がおこなわれましたが、そのときには三百六十一票の多数で、アテナイにとどまるなら死刑という判決が下された。ソクラテスは反逆者であるから死ねというのです。しかし、アテナイから出ていくなら、ちょうど王オイディプウスがテーバイの市門から出ていったように、アテナイから追放されることに甘んじるなら、命だけは許してやるという、そういう判決が下った。そのときソクラテスはどうしたか。彼は孤立しておりまして、職業的愛国者や党派的な政治家たちからはきらわれていたけれども、同時にごく少数ではあるがソクラテスを尊敬し、彼のことを深く思っている友人にめぐまれていた。この友人たちがびっくりして飛んできまして「ソクラテスよ、お前はすぐアテナイから逃げなさい、そして命だけは助かりなさい。もしお前が死ねばお前の息子はみなし児になるぞ」といってみんなで忠告した。そのときソクラテスはなんと答えたかというと、アテナイから一歩も外へ出るのはいやだといった。なぜか。そこに古代のギリシャ人が少くともそう信じていた原理、まあソクラテスにとっておかしがたいものだった一つの原理があったからです。

その原理は何かというと、祖国というものは大切なものだという原理です。祖国というものは大切なものだ。人間にとって親は大切なものだと、彼は言った。父親も母親も大切なものだ。しかし祖国というものに対しては、人は歯向うことはできないと彼ははっきり言っています。もし祖国が正義を行わない場合には、あらゆる力を尽してそれが行われるように説得しなければいけない。しかし、この祖国に対して武器を振り上げるなどということはとんでもないことだ。祖国が悪い法を行うというなら、自分は悪い法に服従して死ぬほうを選ばなければならない。自分は決してこの判決に承服しないけれども、もし自分が祖国に対して反抗すれば、祖国は祖国でなくなってしまって、一つの党派になってしまう。つまりソクラテスを相手どって、彼を抹殺しようとしている彼の反対派、絶対多数であるメレトス、アニュトス連合軍即アテナイ国家になってしまう。その場合には国は党派の上に立ち、アテナイ人全体に対してのよりどころとなる国ではなくなってしまい、一党一派の牛耳っている国になりさがってしまう。自分は国をそういう場所におとしめることは絶対にできない。だから、ソクラテスが国というもの、当時の都市国家ですけれども、その国家がかくあらねばならないという彼の理想をそのままに維持しようと思えば、彼は国家が、ファナティックや政治主義者たちの手を通じて下す処罰をそのままに受け入れなければならない。そうソクラテスは考えた。そう考えることは、ソクラテスにとっては、これは逆説的な言い方になりますが、やはり喜びだったのです。なぜならそうする以外に、彼は自分の心の中にある国家というものの超絶的性格を表現することができなかったから。国家は一党一派のものであってはならない。党派の上に立って万人に心の寄りどころを与えるものでなければならないという、そういう彼の考え方。ほんとうにわれわれが国家というものを少しでも認めるつもりになるならば、まさに国家はそういうものでなければならないでしょう。今日、どんなに仕組みが複雑になり、人口がふえても、もし国家というものに対してわれわれが何らかの忠誠心を持ち得るとするならば、国家はある党派の国家であってはならない。それが進歩派であろうが保守派であろうが、ある党派が私している国家であったらわれわれはその国家を信用することはできない。そういうものをすべて超越したあるもの、もし日本人ならすべての日本人にとっての心の寄りどころになるものが国家であるという気持を持てなければ、われわれはとうてい国家を信じることができない。逆にいえば、そういう国家を心に描いて、その国家の命令に従うということを身をもって示さなければ、そういう国家はまた生れはしない。国家というものは、すぐ一党一派の牛耳るものに堕落してしまう。だからそこにソクラテスの精神の表現があるのです。彼の高い精神がとらえた国家の像を身をもって実現し、ここに一つの精神があるぞということを示すために、あえて死刑になることを選ぶ。彼は追放されれば生きのびることができた。だけれども追放を選ばなかった。やはり自分は死刑になるほうがいい。彼はそう言った。しかも彼はフィロソフィアの人である。考えることの喜びを知っている人である。考えることを楽しむ人であるからして、このことを悲愴になってぎゃあぎゃあわめきはしなかった。まあ、そういうときになると、相当勇敢な人でも、何となくこう顔が引きつってくるものです。まあ、かりに私がかなり偉い人間で、そういうめにあったとしましょう、そのときいや自分は死刑になることを選ぶと、こう言ったとすれば、やっぱり顔はひきつり、声は上ずるにちがいない。しかしソクラテスという人はそうではなかった。彼はあくまでもものを考える、公平にものをみて、信念を行うという人であり、考えをつきつめてものごとを知るということが、必ず勇気を伴わなければならないということを知っている人だったから、非常に平静にアテナイの判決を受け入れた。

よく英語の本を読んでいますと、フィロソフィカル・スマイルというようなことばが出て来ます。哲学的な微笑。その場合哲学的ということはどういうことかというと、大体平常心を失わないという意味です。そういう場合に用いられているフィロソフィカルということばを、日本語に翻訳するとき哲学的と訳すとまたわかりにくくなってしまう。さっき私は申し忘れましたけれども、考えるということの大事な点は、異常なことに対する反撥力を失わないということだともいえる。カーッとなって何というのか、急にボルテージをあげてしまわない。いつでも心臓の鼓動を平静に保っているような自己訓練をしている。そうでなければソクラテスのように公平にスパルタの美点を認めることもできなければ、事実審理のない裁判に対して一人で異を唱えることもできず、負け戦のしんがりをかって出ることもできない。ましてメレトスやアニュトスの告発に直面したときに、自分の信念を静かに説くこともできなかったはずです。

彼はどういう方法で死刑を執行されたかというと、毒人参の汁を飲まされた。いまいったように彼は最後まで友人たちと対話を続けていたのですけれども、そこへ死刑執行吏がきて、毒人参の汁を持ってくる。すると彼はそれを飲まなければならないのですね。飲みますと、足から冷くなって来る。大体人間というものは、死ぬときは足から冷くなっていくものです。足のほうからだんだん冷くなって来て、心臓までくると死ぬのです。ソクラテスは哲学者ですから、この理屈がちゃんとわかっている。だんだん冷くなってくるのを感じながら、一番最後に「あっ」と言って彼はある友人に鶏を一羽借りていたことを思い出した。彼は貧乏ですから鶏なんてしょっちゅう買えないんですね。買えないから友だちのところにあったのをちょっとしめてきたのかもしれない。まあ盗んだはずはないから。……とにかく彼は友だちから鶏を一羽借りていた。「あれはきみ済まんけど返しておいてくれたまえ」と、こう言って、ソクラテスはそれから数分後に死んだ。まあ、そういうふうにして彼はあっけなく死んだのです。

ところでそうすると、ソクラテスはいったい勝ったのでしょうか、それとも負けたのでしょうか。当時の政治過程、当時のアテナイの政治状況の現実の中では彼は完全に負けたわけです。彼は殺されてしまった。弟子のプラトンがいたために彼の言説は今日われわれにまで伝えられているけれども、当時彼のまわりを歩いてた青年たちは対話する相手を失ってしまった。一方告発者のメレトスは今や正義の味方メレトスであります。つまり悪しきスパルタ的な思想を説いているような、しょっちゅう、アテナイの現状を批判していたような、ソクラテスという偏屈おやじが殺されてしまった。メレトスはもう大喜びです。彼は、まあその後どうなったかよく知りませんけれども、愉快だったに違いない。アニュトスはアニュトスで、これで自分の政治のやりかたに文句をつける奴がいなくなったので、たいへん幸福であった。アテナイの市民たちも、へんな奴がいなくなった、異質な人間がいなくなったといって喜んだ。この結果を見れば彼は全く負けたかのようである。

しかし、ふしぎなもので、今日われわれはソクラテスの名前だけを覚えています。今日われわれはソクラテスのことだけを覚えている。それはなぜかというと、つまりソクラテスのそういう考えが生きつづけているからです。彼は自分の考えを究極まで押しつめ、勇気をもって実践して死んだ。つまり彼はそうすることにおいて、自分が一つの精神として生き、かつ死んだということを証明しようとした。その証明はやはりちゃんとなされていたのです。現実の政治過程——現実の功利的社会では、彼は全く完全に敗北し去ったけれども、彼の精神は残ったのです。そしてソクラテスの生涯を見ると、われわれは精神というものがそういう動き方をするものだということを、知ることができる。これに対してメレトスのごときものはどうであったかというと、彼は正義ということを説いた。ソクラテスは売国奴である、非国民であるといって、メレトスは自分こそが愛国者であり、アテナイのなすところはすべて正しいんだといった。メレトスもまた一所懸命に正義を説いた。

スパルタのような軍国主義国家に美徳を認める人間は戦争主義者であるといったかもしれない。自分こそが平和の守護者であると、メレトスは言って歩いたかもしれない。アニュトスはそういうメレトスを支持した。だけれどもソクラテスはそういうことが全部嘘だということを知っていたのです。われわれは不正なことというものはよくわかるんですね。不正なことというのは何かというと、これは具体的な事柄です。たとえばカンニングをするということは不正なことでしょう。それをするしないは別として不正なことだ。それから汚職をするということも不正なことである。その他いろいろの不正なことというものは、具体的な事実としてわれわれの前へあらわれる。ソクラテスの方法は、ちょうど精神の大切さを証明するときそうであったのと同じように、正義と不正についても同様の間接証明をおこなった。彼は正義を叫ばなかった。正義は大切だぞと唱えなかった。そうではなくて、これこれかようなことは不正であるぞと言った。こういう不正があれば、どういう不都合が起るかというふうに対話を進めた。このソクラテス的論法を用いれば、平和ということはただどなって主張すべきものではない。戦争があるとこういう悲惨な状態が起るぞ。誰々の妻誰々はやもめになって泣いているぞというふうに、そういうふうに表現すべきものです。なぜなら、ソクラテス的にいえば、平和とは、戦争のない状態だから。なぜソクラテスはこういう方法を用いなければならなかったか。それは正義とか平和とかいうものが観念であって、完全な正義というものは、人間の社会に実現され得ないものだからです。あくまでも人間の魂の中に、どこか奥深くに秘められたものとしてしか、正義というものは人間的に機能することができない。同様に平和というものも、やはりまず人間の魂の中にこそ求めなければならない。人間社会で平和ということは、争いを少くするということです。もし完全な平和というものが人間にあるとすれば、それは死んだときであって、毒人参の根からしぼり出した汁を飲んで心臓がまさに最後の鼓動をとめたとき、完全な平和——静寂がやって来る。そういうふうにして完全な平和は人間の所有に帰するものです。そういうことを知っていたからこそ、ソクラテスは観念的なことをどなったりはしなかった。しかもメレトスとかアニュトスの徒のように徒党を組もうともしなかった。一つの正義をふりかざし、一つの党派によって何かをなしとげようというとき、人は党派という仮面にかくれて、いくらでもいやしい心根を解放することができる。

われわれは一人で何か悪いことをしようとしても、なかなかできはしません。ところが三人ぐらい集りますと、ちょっとカンニングをしようかということになる。これが三十人、三百人と集ると相当いいかげんなことを平気でできるようになる。もっとたくさん集れば、世の中を壟断《ろうだん》して何かをしでかすこともできるようになる。つまり数は力だからです。この力は正義でも何でもないただの力ですが、だからといってそれが無意味だということはできない。現に力ずくでみんながわーっと押し寄せてくれば、こっちは肋骨を踏みしだかれて死んでしまう。これにはわれわれ一人一人は到底対抗することができません。

しかし、だからといって、力が正義だとはいえない。力は正義でも何でもありゃしない、ただの物理的な力です。人間は集団を組んで一たび物理的な力に自己を一致させると、精神的なスローガンを叫びながら精神を喪失してものになってしまう。わたくしどもは一人でいるときには、自分の中にあるいろいろないやしい心根、私利私欲、利害打算からなかなか目を離すことができない。離すことができないからこそ、逆に自分を抑制することができるのです。あんまりいやしいことをすると、自分に対して恥しいという気持が、まあ普通の神経をもっている人間にはみんなありますから、あまり妙なことをしない。ところがこうして十人、二十人、百人、千人と集れば、今度はその集団が「正義」と称するものを掲げて、「正義」のためには何でもやりはじめるようになる。目的のためには手段を選ばないというふうになってくる。そうすると人間はものになってしまう。精神からものに堕落してしまうのです。そういうのはだめだということをもちろんソクラテスはよく知っていた。だから彼は「正義」とか「平和」というような概念を唱えようとはしなかった。集団が一番暴力を発揮するのは、どういうときでしょうか。それは元来人間のいやしい心根を自由に解放させるような集団が、俗耳に入りやすい観念、それを正確に実現することが不可能であるような観念を、旗印に掲げたときです。だから戦争中、わたくしどもは「東洋永遠の平和」を実現するために戦う、とこう言ったものです。「東洋永遠の平和」。「永遠」も「平和」もいずれもすばらしいことばです。だがこれはよく考えれば、墓場の中の平和だか何だかわかりゃしない。非常に漠然とした概念です。しかし、「東洋永遠の平和」のためにといわれると、わたくしどもはみんなふるいたった。わたくしどもはそのときものになったんです。もっとも激烈に精神的になったつもりでいながら、その実ものになった。今日でも「平和」とか「反戦」とかいうことばは、しばしばそういうふうに用いられている。「平和」を唱えながら暴力を振い、「反戦」を叫びつつ戦うことはいくらでもできる。それはしかし物理的な力の行使以上でも以下でもなくて、精神とはなんの関係もない。それ自体は正でも不正でもない。だが暴力を振った結果人間を傷つけたり、殺したり、他人を欺いたり、裏切ったりすれば、それは不正です。力というものには一人一人の人間はとてもかなわない。負けなければしかたがない。負けなければしようがないけれども、力には精神はない、力はものでしかないということを、ソクラテスは自分が完全に負けることによって示そうとした。これこそソクラテスにとってフィロソフィアということだったのです。考えるよろこびを尽すということだったのです。

Ⅳ

まあ、いままでギリシャの話ばかりいたしましたけれど、実はよく考えてみると、歴史のなかでソクラテスのような勇気を示した人は、何人もいます。有名な人も無名な人もいますけれども、世界のあちこちに何人もいた。たとえば、暗殺されたジョン・F・ケネディがまだ大統領になる前、マサチューセッツ州選出の上院議員に選ばれたばかりのころに、『勇気の横顔』という本を書いたことがあります。この『勇気の横顔』というのは先輩の上院議員の略伝を集めたものです。合衆国上院（ユナイテッド・ステーツ・セネイト）というものは、日本の参議院とは違って、非常に大きな権力を持ってる立法府であります。アテナイの民主主義は、直接制民主主義ですから、市民が集ってああでもないこうでもないと言いあうのですけれども、人口一億八千万のアメリカではこんなことはとてもできないから、上下両院議員を選んで立法をおこなう。上院は各州代表である議員が、一つの州から二人ずつ出て構成されている。現在は五十の州がありますから、百人の上院議員がいる勘定になります。ケネディがはじめて上院議員になった当時は四十八州ですから九十六人の上院議員がいたわけです。そのアメリカの上院という政治的な場所で、まさに政治の中心、そこには職業的政治家ばかりが集っている、そういうところで、大切な問題に直面してソクラテス的な考えるよろこびを実践し、政治家が同時に精神でもあり得るということを示した人たち、そしてほとんど例外なく敗れていった人たちのことをケネディは書いた。ケネディは、政治家というのはかくもありたいという気持でこの『勇気の横顔』という本を書いたのかもしれません。その中にはいろいろ興味深い例があげられていますが、私がだいぶ前に読んで、特に印象にのこっているのは、エドマンド・ロスという人の話です。これは全く無名の人です。わずか一期だけアメリカ合衆国の上院議員になって、次の選挙ではもう再選されなかった。出てきたと思ったらそのままやめてしまったある上院議員の話。このロス議員は一体何をしたのかといいますと、ちょうどソクラテスのようなことをしたのです。ケネディも暗殺されましたけれども、南北戦争が終って間もなく、大統領のリンカーンが暗殺されました。リンカーンはまだ大統領の任期を余しておりましたから、副大統領があとを襲った。ちょうどケネディのあとを襲ったのがジョンソン副大統領であったように、リンカーンのときもこれは偶然の一致で、副大統領はジョンソンという人でした。したがってこのジョンソン副大統領が大統領になったのです。いまのリンドン・ジョンソン大統領もテキサス州という南部の出身ですけれども、リンカーンのときの副大統領アンドルー・ジョンソンもやはり南部の人で、テネシー州の出身でした。この人が次の大統領になった。南北戦争というのは、アメリカが南と北に別れて戦ったたいへんな戦争です。内乱ということになっていますけれど、とても内乱どころのさわぎじゃない。その戦闘区域の広さでは第一次大戦に匹敵し、作戦上も大戦を予見するような大きな戦争だったのです。その結果七十万人もの人が死にました。

ところで、リンカーンが死んだためににわかに大統領になったこのアンドルー・ジョンソンという人は、もともと不運な人で、南部連合が分離したときただひとりふみとどまってリンカーンの補佐役になったといういきさつがありました。それが皮肉なことに、リンカーンが急に暗殺されたので、南部出身でありながら南部を占領した北部の意志を実現するまわりあわせの大統領になってしまったのです。もともとリンカーンの占領政策は寛大なもので、ジョンソンも副大統領だった関係からその内容をよく知っていましたが、そのころ与党の共和党内部には南部を徹底的に弾圧すべしという急進派が頭をもたげはじめていて、ことごとにジョンソンの手ぬるいやり方を批難する。あいつはもともと南部の人間だから、わざと手ぬるくしているのだろうというわけです。そんなわけで、大統領と議会の関係は決定的に悪くなってしまいました。

議会が占領地域に対して苛酷な法案を通すと、大統領はこれに拒否権を行使する。このジョンソンという人は、元来向う意気の強い人で、相当戦闘的にやってしまった。そうすると、今度は議会がさらに三分の二の絶対多数で拒否権をはねかえして法案を成立させてしまう。当時アメリカは西へ西へと伸びている時代ですから、新しく州をつくって反大統領派の上院議員を急造するなどということは、簡単にやろうと思えばできたのです。

そのうちに、アンドルー・ジョンソン大統領が、共和党急進派の同調者だった陸軍長官のスタントンという人をやめさせるという事件がおこりました。ところがこれに対して議会がいきり立ち、専制政治だといって下院では大統領弾劾の決議がおこなわれるという騒ぎになった。スタントンはこれに力を得て、陸軍省の自分の部屋にバリケードを築き、大統領が任命した新長官のグラント将軍をなかに入れようとしない。もしこの上に上院が三分の二の多数で弾劾を決定すると、大統領は辞めなければならなくなってしまいます。ここで、さっき申しあげたエドマンド・ロスという若い新米の上院議員が注目をあびるようになった。なぜかというと、上院の反大統領派の勢力は三分の二にちょうど一人だけ足りず、このロス議員がキャスティング・ヴォートを握るというめぐりあわせになったからです。

このロスという人は、カンサス州選出の議員で、カスサス州は大体が共和党急進派の根城でしたし、彼自身ジョンソンがきらいでパリパリの急進派を売りものにして当選した人でしたから、まあ大丈夫だろう、弾劾決議案に賛成するだろうというのが、はじめのうちは大方の予想だった。けれども、どういうものかこの一年生議員がいつまでたっても態度を明らかにしないんですね。態度を明確にしない。党のボスからいわれても、ええ、ええといってだまっている。ワイロを持っていっても、そんなものはいらないという。それじゃいったいいくらほしいんだ、はっきりいいなさいといわれると、金はほしくないとケロリとしている。もう反対派はジョンソン憎さでこりかたまっているから、とにかくこの若僧を口説きおとして三分の二をとればいいと思っている。実際、ロスのほうでも、反対派に同調しなければ、せっかく長年の野心を実現して上院議員になった自分の政治生命が完全に失われるだろうということはわかっていた。そのうちに反対派の圧力は脅迫めいて来て、もし同調しなければプライヴァシイをばらすぞとか、暗殺するぞとかいうようなおだやかでない調子になって来ました。選挙区のカンサスから電報で圧力がかかって来たのは、いうまでもありません。

そのうちに、いよいよ弾劾が成立するかどうかが決る日がやって来た。いったいロス議員は、この間なにを企んでいたのでしょうか。彼はいっしょうけんめいに考えていた。彼の政治上の信条をおこなうために、どうすべきかを考え、その考えをなんども反芻していたのです。当日、合衆国上院は、この歴史的な弾劾成立の瞬間を見ようという傍聴人で満員になり、異常な緊張が一座をおおっていたといいます。とにかくこれもまた狂信的愛国主義の時代、敵を叩き伏せるために手段をえらばない政治過剰の時代です。上院議員は、ひとりずつ大審院長に名を呼ばれ、アンドルー・ジョンソン大統領が有罪か否かをたずねられる。ロスの名が呼ばれ、答える番になった。満場はかたずをのんで見守っている。ロスはさすがに雰囲気におされて、大きな声が出なかったそうです。よくきこえなかったので、誰かが「もう一度!」とどなった。こんどはよくきこえる声で、ロスは「無罪です」といった。このひと声で弾劾決議はお流れになり、ジョンソン大統領は名誉を救われたのです。満場の緊張はとけ、ロスはひとりうなだれていた。彼はそのとき自分の政治生命も、未来も、財産や名声も、すべてが失われたということを噛みしめていたのです。

はたして新聞はいっせいにロスを攻撃しはじめました。今までにも意地の悪いことをさんざ書いていたのが、今度は裏切者、売国奴、卑怯者エトセトラ、ありとあらゆる雑言を吐きかけたのです。新聞だけではない。友人も彼を見棄て、道を行く人はすれちがいざまに「裏切者！」といった。ロスはそういう状態でとにかく任期一杯つとめましたが、もちろん再選されなかった。それどころか村八分にあって、身体にも危害を加えられそうになり、淋しくニュー・メキシコにおちて行かなければなりませんでした。

それではいったい、なぜこのエドマンド・G・ロスという一年生議員は、ひとり不利と知りながら異を唱えたのでしょうか。政治家としての彼は、三権分立の精神がおかされるのを坐視するにしのびないと思った。議会の多数派が、党利党略から大統領の人事に干渉しはじめたら、党派をこえた全体、つまり国家そのものの代表者である大統領という地位の威信は地に墜ちてしまう。ロスはアンドルー・ジョンソンを評価していなかったし、その政策にも絶対反対であった。彼が無罪を主張したのは、だからジョンソンのためにではなくて、大統領というオフィスのためです。ここのところがいかにもソクラテス的な発想です。つまりこの若い上院議員は、彼のなかにある全体のために、彼を超えたなにものかの存在を証明するために、政敵の名誉を救う一票を投じた。そして自分の手で自分の政治生命を絶った。この行為をほめてくれるものは、当時だれひとりいなかったのです。ロスは敗れたのでしょうか？　彼はソクラテスが敗れたと同じ意味で敗れた。しかし、彼の精神は勝ったとは、私は申しません。勝ったかどうかは、よくわからない。だが少くとも、ロスが精神の実在をよく証明したことは認めなければならない。のちになって、もう彼の一生がとりかえしのつかなくなったころ、新聞は今度は急にロスの勇気をほめだした。あれほどひどいことを書いた同じ新聞がですよ。ジャーナリズムが、というよりは世評というものが、どれほどあてにならないものかは、このことからもよくわかるでしょう。知己を後世に待つという。だがいったい、ロスに知己があらわれたのだろうか。そんなはずはない。彼は他人などにわかってもらえないことをやったのです。そういうことをしたということを、おそらくロスはよく自覚していた。彼はニュー・メキシコがまだ州になる前、その準州の知事になって生涯をおえたそうです。

いろいろお話してまいりましたが、要するに私の申し上げたいことは、考えるよろこび、知るよろこびというものは、別に他人に見せるためにすることではない、自分というものの正体を見きわめ、それを自分たらしめているなにかの実在をたしかめるためにすることだ、ということにつきます。いまの世の中が、その反対の傾向にみちみちているだけ、それだけまた考えるよろこびも深いといえるでしょう。オイディプウス、ソクラテス、エドマンド・ロスと、虚実をとりまぜて、昔のしかも外国の人の例ばかりをお話ししたが、微意をお汲みいただければ幸いであります。

転換期の指導者像

——勝海舟について——

講演日　一九六八年三月二五日
主　催　東京青年会議所
会　場　麴町会館

I

現在の世界が大きな転換期にさしかかっていることは、誰の眼にも明らかなことだと思います。戦後の世界を律していた国際秩序がくずれはじめ、日本の国内でも〝戦後〟という時代のさまざまな矛盾が、あらわになりはじめています。こういう時代は、いったいどのような指導者を必要とするのか、きょうは勝海舟という、幕末から明治にかけて活躍したすぐれた政治家の像をふりかえりながら考えてみたいと思います。勝は幕府の高級官僚であり、財政家でもあったし、海軍の建設者でもあった人で、幕末にはことに三面六臂の大活躍をいたしました。海舟というのは号で、本来は勝麟太郎義邦というのが名前です。幕府時代に出世して諸大夫並になってからは勝安房守義邦と称していましたけれども、ご一新以後は安房――房州の安房でありますが、安房を読みかえて勝安芳という名前になりました。新政府になってからは、一時海軍卿を勤め、のちに伯爵に叙せられ、枢密顧問官になり、明治三十二年に七十七歳で亡くなったという、そういう人であります。

マックス・ウエーバーが、よき政治家、よき指導者の資格として、まず第一に人間に対して影響力を持っているという自覚が必要だといっています。自分のすることなすことは、他人に対して影響力を持つという明晰な自覚が必要である。第二に人々を支配する権力に参加しているという自覚。第三番目に、とくに歴史的に重要な現象の神経中枢を掌中に握っているといういきいきとした感情。この三つの自覚をかねそなえることが、指導者にとっていちばん大事な心構えであるといっております。ウエーバーは直接には政治家、国政に関与する人間についていっているのですけれども、もう少し範囲をひろげて考えますとこれはひろく一般に指導的立場にいる人々すべてにそのまま通じる原則であります。勝海舟のごときは日本の政治家の中でもまれにみる、この三つの要件をそなえていた人の一人のように思われます。

さらにウエーバーは、別の角度から指導者としての資格を三つあげて、こういうこともいっています。第一に、情熱があること。情熱といっても、カッカと頭に血をのぼらせて、暴虎馮河《ぼうこひょうが》の勇をふるってやみくもに力で押していくという、そういう情熱ではない。仕事に対していつでも絶えることがない火が燃えているような、そういう情熱。持続力のある情熱。これがなければならない。第二に責任感が強いこと。これは指導的な役割をになう人間にとって当然要求されることですが、ぐあいが悪くなったから投げ出すというような責任のとり方、辞職するとか、腹を切るとかいうような単純な責任のとり方ではだめなのです。自分が手がけた仕事に対して、あくまでも責任をとりつづける。毀誉褒貶《きよほうへん》にかかわらず責任をとりぬいて、自分の手がけた事業の保全をはかり、目的を達成しようとする。そういう責任感が必要である。

第三番目に最も大事な徳性として、ウエーバーは目測ということをいっています。目測というのは、周囲に次から次へと起りつづけるさまざまな現象と、自分が現に達成しようとしている仕事との距離をつねに正しく計測して、ものごとを客観的に眺められるようにしておく。自分を他人の眼で外側から眺められるようにすること。それが必要だといっています。つまり目測とは情熱を裏づける冷静さ、悪い言葉でいえば打算であります。この冷静さと打算がなければ、ものごとは現実にしっかりかみ合わず、好ましい結果を生まない。だから政治的なファナティックと真の政治家、あるいは金もうけがただ好きであるという人と責任のある実業家との違いは、この目測のあるなしにかかっているといってもよい。単に意欲があるだけの人間は、たやすく政治的ファナティックになれる。反対反対といって棒を振り回している人はただのファナティックであります。しかしそういう情熱が冷静な打算と距離感覚に支えられたとき、はじめて指導者というものが生れるのです。

ところが勝海舟でありますが、さきほどいったように、この人にはマックス・ウエーバーのあげている指導者の徳性が、まことに独特なかたちで兼ねそなわっているように思われます。

II

勝の名前がはじめて歴史に登場するのは、嘉永六年（一八五三）、ペリーの小艦隊が浦賀に来航した直後のことです。外国の軍艦が日本の近海にあらわれたのは、なにもこれがはじめてではありませんが、この四隻の黒船の場合には今までと大分様子がちがっていました。なにしろペリーは、大砲の砲門を開いて陸上からの敵対行動にそなえながら、開国和親を要求した合衆国大統領フェニモアの日本国皇帝にあてた国書をたずさえて、真正面から「鎖国」という日本の二世紀以上もつづいた基本的国策の変更を迫って来たのです。

このとき、日本人がどれほどあわてたかということは、「泰平の眠りを覚ます上喜撰（蒸気船）、たった四杯（四隻）で夜もねむれず」という落首がはやったという事実からもうかがわれます。黒船を打ち払おうということになっても、大砲もろくに揃っていない。そこでお寺の釣鐘をむこうに向けて並べ、こけおどしをしようとした。ところが先方には望遠鏡という新兵器がありますから、なんなく正体をみやぶられて、防備が不完全というか、皆無にひとしいことをさらけ出してしまった、というような話さえあります。
ときの筆頭老中、といえば幕府の総理大臣でありますが、阿部正弘は、この危機に対処するために、旧例をやぶって二百六十諸侯と直参の幕臣から、意見書を提出させました。この阿部伊勢守正弘という人は、備後福山の城主で、当時まだ二十代後半の青年老中でしたが、なかなかすぐれた人物だったらしいということは、この直後に思い切った人材登用をやっていることからも推測できます。そのなかに小普請組四十俵の貧乏御家人だった、勝麟太郎義邦もいたのです。

この小普請組というのはなにかというと、簡単にいえば人員整理の対象になった無役の御家人がほうりこまれる組です。会社なら首切りもできますけれども、封建時代ですからまったく禄をやらないわけにはいきません。ちょうど操業短縮になった紡績工場の女子工員みたいに、自宅待機をさせられている。小普請というのは読んで字の如くで、台風がやって来て江戸城のかわらが三枚半とんだなどというと、そこへ行って修理する。しかし、台風はしょっ中来やしませんから、実際にはなにもすることがない。毎朝組頭が登城するのを、「行っていらっしゃいまし」と見送るのが唯一の仕事です。そうしておいて、顔を覚えてもらって、なにか役につけてもらおうというのであります。

そのうちにラチが明かなくなると、菓子折の底に小判かなにかを敷いて、「どうかよろしく」と頼みに行く。ワイロをつかうのです。こんなばかばかしい日常はたまったものではありません。勝のお父さんは小吉という人でしたが、小普請組暮しにいや気がさしたのか、やくざの仲間入りをしてしまった。本所深川界隈でいりがあるというと、おっとり刀でとんで行って仲裁したりするのに無上の喜びを感じている。そうかと思うと、フイと家を飛び出して、何日も帰って来ない。この小吉は、のちに隠居してから『夢酔独言』という自叙伝をのこしましたが、まことに奔放な御家人崩れの半生をおくった人です。

この小吉が、「おれはだめなやつだが、よくしたもので息子の麟太郎が孝行もので、よく勉強するし、しっかりしている。おれのようになっちゃだめだ」というようなことをいっています。考えてみれば無責任な話で、こんな父親を持った息子はとてもかなわない。貧乏ぐらしを抜け出ようと思ったら、その当時はふたつしか道がない。ひとつは剣術を習うことで、もうひとつは学問をすることです。麟太郎は、少年時代に十一代将軍家斉の孫の、一橋慶昌という人の御学友になったことがありましたが、この人は夭折してしまったので、一橋の引きで出世する道を断たれてしまいました。したがって島田虎之助という人について剣術の修業をはじめ、やがて二十歳ごろには免許皆伝の腕前になったのです。

しかし、この島田虎之助という剣客は、どうやらなかなか時勢の見えた人らしい。というのは、一説によると、勝はこの人にすすめられて蘭学を勉強する決心をしたというからです。蘭学は当時、幕府の官学である朱子学の枠のなかで学習を許されていました。その内容は医学と兵学で、もちろん勝が習ったのは兵学のほうです。外国船がしきりに日本の沿海をおかす時勢に、剣術だけやっていてもつかいものにならない。もっと体系的な軍事学が必要だということに気がついたのでしょう。とはいうものの、なにしろ貧乏な勝のことですから、辞書を買うお金もない。それである蘭方医のところへ行って、『ズーフ・ハルマ』という辞書を借り、それを自分で二部筆写した。一部は自分で持っているためで、もう一部は売り払って損料を払う金をつくるためです。この逸話を見ても、勝の勉強ぶりがいかにすさまじいものだったかはおわかりでしょう。

そういうわけで、老中阿部正弘が意見書の上申を求めたころには、勝はひとかどの蘭学者になって、赤坂に私塾を開くようになっていました。彼が提出した意見書は、この蘭学の知識にうらづけられ、時勢の赴くところを洞察した、まことにユニークなものだったのです。それは大きくわけると二つの部分からなっていて、前半は戦術論、後半は政策論です。つまり江戸湾の防衛に関しては、死角のないように砲台を築いて、敵艦の侵入を防ぐようにする。このための具体的な方策が、前半の部分です。しかし、実は勝の独創的な考え方が強くあらわれているのは、後半の政策論の部分であって、これはある意味では戦後吉田元首相が採用した政策によく似ている。つまり一種の貿易立国策です。

その概略をお話しますと、まず彼は実際上断行不可能な攘夷論をしりぞけて、戦略的開国論とでもいうべきものを唱えております。外国が貿易を要求して来るのは、もともと貿易が利益のあがるものだからである。それなら相手にばかりやらせていないで、こちらからもどしどし出かけて行って貿易をし、国を富ませたほうがいい。こうしてもうけた金で産業をおこし、船や武器を自給できるようにする。さらに近代的な軍隊を編成して、教育をさかんにし、旗本の生活改善をはかる。なによりも門閥によらない実力主義の人材登用が必要だ、というのです。

これが直接阿部正弘の眼にふれたかどうかはよくわかりませんが、その後下田取締掛手付という役に任じられているところを見ますと、この「海防意見書」が勝を歴史の表面におし出すバネになったことは、ほとんど疑いのないところだと思います。彼がここで示している目測のたしかさは、今日から考えても驚嘆するほかありません。その後勝は、長崎に幕府が設けた海軍伝習所の生徒監のような役目になって、百俵の禄を供されるようになり、文字通り日本の海軍の草分けのひとりになります。

それまでが鎖国ですから、海軍の技術といってもみんなオランダ人の士官から習うのですけれども、軍艦の動かしかたや大砲の撃ちかただけではなくて、この伝習生たちは造船術まで習った。今日、日本の造船技術は世界最高のものになっていて、三十万トンクラスのタンカーを、数十人の乗組員で動かすことができるようなすばらしい技術が評判になっていますけれども、その伝統の礎石を置いたのは、安政三年（一八五六）、今から百十三年前に、勝たちが長崎に仮に設置された幕府の造船所で建造した、コットル船という簡単な帆船だったのです。勝はこの船で日本人だけの遠洋航海を試み、大しけにあってあやうく九死に一生を得たこともありました。この報告を聞いたオランダの海軍士官は、そういう得難い経験をしたのなら、今後操船のことはあなたに任せてもいい、と勝にいったそうです。

一方国際関係のほうでは、安政五年（一八五八）に日米修好通商条約という条約が、徳川幕府とアメリカ合衆国政府との間に締結されました。これは日本が外国政府と結んだ最初の通商条約であります。現在の日本にとっていちばん重要な外交問題であり、かつ経済問題であるところの日米関係の発端は、安政五年のこの日米修好通商条約からはじまっている。条約を締結すれば批准書を交換しなければなりませんので、大老の井伊直弼は批准書をたずさえた遣外使節を米国に派遣することにしました。この井伊大老という人は、保守的な幕府の官僚で、転換期に対する洞察を持っていたわけではありませんでしたけれども、時勢のおもむくところ開国以外にないということは知っていました。国内で水戸を中心にする攘夷派がどんなに反対をしても、国を閉ざしたままではとてもやっていけない。そういうわけで、開国に踏み切って反対勢力を片端から牢屋に入れてしまいました。これがいわゆる「安政の大獄」であります。

遣外使節が出発したのは、安政七年（一八六〇）の正月です。使節団は二隻の船に乗組んでいて、一つはアメリカの東インド艦隊の旗艦であるフリゲート艦のポーハッタンという船です。このポーハッタンという船には、いまのいい方でいえば特命全権大使、幕府の正使である外国奉行、新見豊前守正興という人が乗っている。さらに副使として村垣淡路守範正、それにもう一人お目付として小栗豊後守忠順という人が乗っていた。この三人が正式の使節団であります。小栗忠順は小栗上野介という名前でよく知られていますが、この人も幕府がその崩壊期に生んだ傑出した指導者の一人です。それについてはいずれあとで申し上げますけれども、この小栗の以後明治維新に至るまでの運命と、勝海舟の運命とを比べてみると、そこには深い教訓が含まれているように思われます。

それと同時に、当時の幕府は、批准書を持った使節団は、念のために米国の船に乗せるが、日本の軍艦を一隻使節団につけてやろうということを考えました。日本の自前で仕立てた随行艦をつけてやろうというのです。それがご承知のとおりの咸臨丸であります。

この咸臨丸には、軍艦奉行という、海軍大臣にあたる職をやっていた木村摂津守喜毅《よしたか》という人が提督の資格で乗り込み、艦長としては海舟勝麟太郎が乗り込んで指揮をとりました。この船はもともとオランダで建造され、ヤッパン号という名がついていた二九二トンの小さな船で、外輪船といいまして、スクリューのかわりに、船の両側に大きな水車みたいなものがくっついている船です。蒸気機関と帆で走りました。この咸臨丸に勝海舟が乗った。大変威勢がいいのですが、当時の幕府海軍の航海術は非常に素朴なもので、しかも幕府の軍艦は長崎と江戸の間の沿岸航路しかやったことがない。この未経験な乗組員で太平洋横断をやろうというのですから実に乱暴な話であります。さすがにこれは危ないと思ったのか、木村摂津守は、たまたま日本に来ていたアメリカ海軍士官のジョン・マーサー・ブルックという人、合衆国海軍の大尉でありますが、このブルックという人を顧問格にして、咸臨丸に乗り組ませたのです。ブルック大尉は十一人の部下をひきいて乗り組んで来て、航海の最初の段階では咸臨丸はほとんどこのアメリカのクルーによって動かされたといってもよいほどです。一月十三日に品川沖を出航して、二月二十五日にサンフランシスコに到着いたしました。

この間の日記をブルック大尉が残していますが、これが非常におもしろい。いろいろなことがわかるのです。まずなにがわかるかというと、この旗本出身の士官たちがまったくの無能であるということです。軍艦というものはいかに二九二トンの小さな艦でも、近代技術の粋である。その艦を効果的に運用して、沈まないように太平洋を渡ろうとするなら、近代的な人間関係が確立されていなければならない。この近代的な人間関係の根本になるのは、能率を重んじる精神と、それにもましてそれぞれの持ち場に対する責任感です。自分の仕事に対するプライドと責任感、軍艦の効果的な運用はこういう近代精神に支えられていなければならない。ところが旗本出身の士官たちは幕府の序列ばかり気にしている。無能な人間でも、千石の旗本は序列が上である。三百石の者は下であり、いわんや士分ではない水夫などには、直接話もさせない。そうして長火鉢のまわりに集ってお茶を飲みながら煙草ばかりのんでいる。もちろんこの幕府の序列は封建時代の身分秩序ですから、提督であるアドミラル木村も一指も染めることができない。それどころか、しょっちゅう船酔いをして、自分の船室から出てこない。じつは勝麟太郎も最初のうちは健康状態が悪く、ひどい下痢の最中に乗り組まされたので、やはり船酔いがひどくてふうふういっておりました。ブルック大尉は勝艦長についてこういう印象を記録している。「たいへん小柄であるが、よく均斉がとれ、たくましい体つきで、身軽である。鋭い見通すような目とかぎ鼻を持っていて、やや小さいあごを持ち、歯を合わせたまま話す」この歯を合わせたまま話すというのはなんだかおもしろい。これは当時の外国人が描いたマンガに出て来る日本人が、みな一様に出っ歯に描かれている、これを意識していたのではないかと思われます。これは私の推測でありますが、まあたいへん活動的である。「彼は腹があまり痛まないときは、手すりの上にとび乗ったり、帆綱にとび乗ったりしている。感じのよい顔立ちで、けして機嫌が悪いということがない。しかし彼はほとんど船酔いしている」と、こう書いてある。ブルックはさかんに日本人との人間関係がうまくいかないことをこぼしている。当直士官を立てようとすると、幕府の士官が当直しない。しょっちゅうたたみ敷きの船室にごろごろして、花札を引いたりしていてちっとも甲板に出てこない。船の運航はアメリカ人にまかしておけばいいじゃないかという、今日の日本人から見ると考えもつかないほどだらけたというか、なんとも悠長な雰囲気ですごしている。それを木村提督も改善しようとはしない。勝はこの状態を憤りまして、中浜万次郎という通訳と協力して、太平洋の真中で一大改革に着手した。中浜万次郎はまたの名をジョン万次郎といいます。井伏鱒二さんの小説に『ジョン万次郎漂流記』という名作がありますが、土佐の漁師の子供で、十四歳のとき遭難して、アメリカに行った。非常に優秀な人で、むこうで教育を受け、カリフォルニアのゴールドラッシュで金をもうけて日本へ帰ってきた。当時幕府の珍重した通訳です。この中浜万次郎と勝は組みまして、ブルックの進言を受け容れ、海軍らしい規律と機能的な人間関係を励行させるようにしたのです。

ですから当時の軍艦というものは、日本人にとっては単なる戦争をするための道具ではなくて、いわば近代精神の試金石だったといってもよい。実際海軍は、さきほどの長崎伝習所時代の造船技術の習得からもわかるように、日本で最初の重工業会社でもあったのです。

海軍の歴史をこういう観点から見てみますと、なかなかおもしろい。これは比較的少数の経営者と経営補助者、それから陸軍に比べればはるかに少数の従業員で構成された会社だとも考えられる。現に山本権兵衛という人は海軍の育ての親とでもいうべき人ですが、山本権兵衛時代の海軍は、世間から山本合名会社と呼ばれていたくらいです。つまり山本・アンド・カンパニイであります。このことは、海軍というものが、どれほど一国の経済構造と密接に結びついているかということを、ものがたるものだと思います。この世界史上でも稀に見るほどの高い成長率を示した海軍合名会社の前史、プレ・ヒストリーを見ますと、その組織面での発端は最初にアメリカに航海した咸臨丸の船の中に、途中からどうにか満足すべき人間関係がつくられたというところからはじまっているわけです。勝海舟は、二九二トン、四十二人の乗組員、そのうち十一人はアメリカ人だという咸臨丸の中で、あり得べき近代社会のかたちを熟考したにちがいない。彼は木村摂津守が代表しているような身分制度、能率や仕事に対する責任感という精神を欠いた因習的な考え方で運用されている幕府というものが、先行きどうなるかについて見きわめをつけなかったはずはないのであります。

サンフランシスコに着きますと、勝は造船所や兵器工場を視察しましたが、これにはあまりおどろきませんでした。彼がおどろいたのは、「武士が商売をしている」というアメリカの社会制度の新しさについてです。この間に勝は行きませんでしたが、新見豊前守、村垣淡路守以下の正式の使節団はワシントンまで行き、当時の大統領ブカナンに批准書を提出し、ワシントンの大通りを烏帽子《えぼし》、直垂《ひたたれ》、狩衣《かりぎぬ》姿で歩いたりしました。この行列は非常に強い印象をアメリカ人にあたえました。当時の日本人の価値観は、世間を知らなかったせいでもありますけれども自己中心的で、外国はみんな蛮人である、バーバリアンであると思っていた。したがって米国人になんの劣等感も覚えなかったのです。たとえば大統領にあったら筒袖を着ていたといっておどろいている。筒袖とは背広のことであります。筒袖はそこらへんの町人が着ているもので、ちゃんとした武士は裃《かみしも》を着けていなければいけないのに、アメリカでは大統領が裃も着けていない。これはまた珍妙な国であるといって、いささかもコンプレックスを感じない。先方も先方で、詩人のホイットマンなどは、日本から通商条約の批准書を持ってはるばる侍の使節が訪ねてきたことにたいへん感激しています。世界が一つになる前兆であるといって、感動的な詩を作っております。勝は太平洋横断の成果にすっかり自信をつけまして、もうアメリカ人に手伝ってもらわなくても大丈夫だというわけで、日本人三十一人の乗組員を率いて南米まで航海しようとした。しかしこれは木村提督の許可が得られず、実現しませんでした。そういうわけで、また太平洋を横断して浦賀に着いてみますと、日本の様子が一変していた。

ちょうどその年の三月改元されて万延元年となりましたが、勝海舟がアメリカに行っている間に、桜田門外の変というのが起って、大老井伊直弼は水戸の浪人に殺されてしまったのです。剣舞でやる「落花ふんぷん、雪ふんぷん……」というやつです。井伊直弼は、開国政策を推進していた政権担当者でしたから、彼がテロルにあったために、国内の政情は百八十度の転換をとげてしまったのです。今度は水戸の烈公徳川斉昭が主張している攘夷論、なんでもかんでも外国人を打ち払ってしまえという、極論が台頭しはじめた。このようにぜんぜん空気の違ったところに勝海舟は帰って来た。これはいうまでもなく、彼にとっては愉快ではない雰囲気です。その後しばらく鳴りをしずめていましたが、官位が上り、十四代将軍家茂に信任されたのを機会に、兵庫（現在の神戸）に軍艦操練所というのをつくるように幕府に献言して、これを設置します。勝はこの軍艦操練所に、身分や出身にこだわらず、各藩の藩士も脱藩者もいっしょくたにして、有能な人間、やる気のある、情熱のある人間を集めようとしました。坂本龍馬や陸奥宗光はこのときの門弟です。この兵庫軍艦操練所は小さな学校ですが、当時国家的な規模で設置された唯一の学校だといってもよい。幕府があって二百六十いくつかの大名がおり、あちこちに小さいのや大きいのや、いろいろの藩があって、諸藩がそれぞれ相互閉鎖的に並存している、というのが当時の幕藩体制です。しかし勝は軍艦操練所を設けるにあたって藩とか幕府とかいうワクを全く取り去ってしまった。ネーション・ワイドに人材を集め、ナショナルな機関をつくった。これはまさに勝が脳裏に描いていた、あり得べき近代日本という国家のひな型だともいえると思います。これを見ても勝が考えていた改革の方向はあきらかでしょう。彼はすでに幕臣の枠をふみやぶり、まだ現実には存在していない、しかしかならず存在させなければならない、近代日本という国家のなかで生きはじめていたのです。こういう人間が幕府からにらまれないはずはない。果して不穏の挙動ありということで、勝海舟はそこで一度失脚してしまうのです。

それから慶応三年にかけては、日本は開国論、攘夷論というものが、幕府と長州藩との対立を中心にして激突し、いちじるしい政治的不安定がつづきます。これは結局慶応四年正月の、鳥羽・伏見の戦いまでいきつくのですが、この事態収拾策には大きくわけて二つの考えかたがありました。一つは幕府側の考えかた、もう一つは反幕府側の考えかたです。

幕府はもちろん当時の日本の政権担当者で、対外的には日本政府そのものですが、また同時に徳川家という八百万石の将軍家でもあった。この事態を収拾するための、幕府側の方策の立案者は、例の遣米使節団の一員だった小栗豊後守あらため小栗上野介忠順です。それはどんなものかといいますと、基本的には幕府中心の体制を存続させる方策です。しかし、そうかといって近代的な改革を行わないというのでは決してない。幕府中心の路線をあくまでもまもりつつ、一方では日本を大胆に改造し、近代国家に育てて行こうとする、そういう考え方です。このためには外国の助けが必要ですが、その力を小栗上野介はフランスから借りようとした。ナポレオン三世治下の第二帝政のフランスであります。

小栗上野介は、このための資金として銀六百万両をフランスのソシエテ・ジェネラール銀行から借りようとしました。無担保ではもちろん貸してくれないから、エゾ地、つまり北海道の開発権を抵当に入れる。そうしておいて封建体制を一挙に中央集権的郡県制度に切り替え、諸大名や武士の禄を奪ってしまう。

中央には上下両院を設け、三百六十諸侯を上院議員とする。将軍慶喜は自ら上院議長となり、一人で三票を持ち、拒否権も併せて留保する。下院は小栗とか勝、西郷、大久保、桂というような幕臣や諸藩の士で構成する。陸海軍を近代化するのはもちろんのこと、徹底的な中央集権化をおこなって、第二帝政のフランスのような国をつくり上げようというのです。徳川慶喜をナポレオン三世のような皇帝にしてしまおうとする。

この小栗の改革案の根本にあるのは、幕府即国家、幕府即日本という考え方です。この点においては、あらゆる新しさにもかかわらず彼の思想は忠実な幕臣という枠を一歩も出ていないといってもよい。彼には、幕府を超えた近代国家日本という思想はないのです。それが小栗上野介の考え方なのであります。

一方、西郷隆盛とか、桂小五郎とかいうような薩長側の考え方はどうかというと、これはイギリスを利用しようとする。イギリスの勢力を借りて大いに軍艦とか、武器弾薬を入れて、イギリスの圧力を借りて幕府を打倒してしまおうとする。目的とするところは自分たちのイニシャチブで幕府を打倒することです。しかし幕府を打倒したあとに薩長が樹立すべき新しい政治組織が、いったいどの程度近代的なものかということについては、じつははなはだ漠然としていた。結果としてでき上った明治政府は、きわめて開明的な政府でありましたが、当時薩長にどういう近代化の具体的プログラムがあったかということは、必ずしもはっきりしていない。薩長の明確な目的は、倒幕ということです。倒幕のために攘夷のエネルギーを結集し、イギリスの勢力を利用しようとする、そういう考え方です。

　この二つの考え方には、いずれも非常に危険なところがある。すぐおわかりになるように、小栗上野介のプログラムをそのまま実行しようとすれば、北海道の領有権はフランスに移ってしまったかもしれない。のみならず幕府の中にフランスの顧問団がおおぜい入ってくると、結局日本の政治的主体性が骨抜きにされてしまって、フランスの植民地になってしまうおそれがある。薩長のほうも同じでありまして、これもやはりイギリスの出店になってしまうおそれがある。そうするとこれは二つの会社が外資を導入して過当競争をしている間に、経営権を奪われてしまうというのと似た状態です。薩長側も幕府側も一所懸命であればあるほど、この危険が大きくなる。そしてこの危険の度合いは、ちょうど慶応二年、三年、四年にかけて、拍車をかけられた状態になります。このような核分裂の危険をはらんだ事態を収拾するためにはどうしたらいいか。ちょうど勝が、さきほどのべたような政治的指導者としての冷静さ、情熱と目測と責任感を遺憾なく発揮するのはこの時期であります。

　一言にしていえば、勝が努力したのは、幕府でも朝廷の威を借りた薩長でもない、近代日本というまだ影もかたちもない国家に対する忠誠を実現することでした。彼はなにを考えたかというと、いわば企業合併を考えていた。幕府と薩長という二つの大企業を合併させてしまう。合併させることによって、外国からくる圧力、インフルエンスをプラスに転化させていく。もし合併しないまま二つが競争していれば、共食いになってしまうだけではない。結局イギリスとフランスの二大勢力が日本を舞台として角逐するだけで、そもそも最も大切な日本の政治的独立と文化的な自主性が失われてしまう危険がある。国内で内戦にふけっている間に、外国勢力が介入して、日本の主権を奪って行くというようなことになれば、とりかえしがつかない。そうすれば日本は当時の清国とか、のちの仏領インドシナと同じ状態になってしまう。これはたいへんだというので、なんとかして国家としての統一と独立を達成しようというのが勝の考えかたです。

もともと勝という人は、危機になると政治的舞台の正面に出て来るような政治家で、このときも慶応四年一月の鳥羽・伏見の戦いで幕軍が敗れ、将軍慶喜が軍艦開陽で江戸に逃げ帰って来たという最悪の状態のなかで、事態収拾の全権を委ねられました。彼はもちろんハト派で、タカ派の小栗上野介と激しく対立している。平和的な収拾を至上命令としています。幕府軍と薩長軍の正面衝突は、どんなことがあっても避けなければならない。正面衝突させれば、これはもう内戦の泥沼に入っていってしまう。しかし正面衝突を避け、平和裡にものごとを収拾しようとするためには、まず幕府側に最後の一兵まで戦う決意がなければならない。これは一見逆説的なことですけれども、非常に重要な点です。平和交渉を結実させようとするならその背後には、最後の一兵にいたるまで徹底的に戦うという気概がなければならない。その気概がなくて平和的にものごとを収拾することは不可能である。しかも当時の幕府は、鳥羽・伏見で敗れたとはいえ、内乱に訴えようと思えば訴えられるだけの実力をそなえていないわけではなかったのです。幕府の背後には関八州の兵があり、奥羽列藩の精兵がいる。しかも海舟が手塩にかけた幕府海軍は全く無きずのままである。この前提に立って、彼は三段構えの戦略を立てた。

今ものべた通り、彼は幕府の海軍の建設者であって、幕府の海軍は当時日本でいちばん強い海軍です。第二番目に強いのが肥前の佐賀藩の海軍、三番目が薩摩の海軍だった。当時佐賀藩はまだ局外中立を守っていて出てこない。もともと佐賀藩は幕府と非常に親しい藩で、長崎の防備をまかされているということもあって、なかなか簡単に出てこない。これが加わらぬ以上むこうの海軍力は劣勢で、これは幕府の大体三分の一ぐらいの実力しか持っていない。一方二千八百トンの旗艦開陽以下の幕府艦隊は、完全な戦闘態勢で品川湾に碇泊している。これを使わない法はありませんから、この艦隊を二分し、まず一つは駿河湾に急航して、攻め上ってくる薩長勢を艦砲射撃で徹底的にいためつけ、戦意をくじいてやろうという作戦です。さらに二分した艦隊のもう一つを大坂湾天保山沖に回航させて、京、大坂の背後を突く。薩長勢の補給線をそこで断ち切るという寸法です。これだけやっておけば完全に対等な戦争ができる。勝の戦略の第一段階はこのような海軍主体の作戦であります。それでは第二段階はどのようなものか。これは焦土作戦とパルチザン作戦です。もし戦い利あらずして、敵が箱根の嶮を突破して攻めのぼって来れば、江戸を焼いてしまう。

これは一八一二年、ナポレオン一世がモスクワを攻めたときロシア側がモスクワを完全に焦土化してしまった故智に倣ったものです。ナポレオンの軍隊は疲れ果ててモスクワに入城しましたが、モスクワは焦土と化し、占領の軍事的・政治的意義は全く失われてしまった。これがナポレオンの没落のはじまりだったのです。だから勝海舟は、もし薩長側があくまでも武力倒幕を主張しつづけ、和睦しないつもりなら、江戸を完全に焼き払ってしまおうと思った。そのために彼はまず火消しの親分に命令したのです。当時下谷稲荷町に新門辰五郎という侠客がいて、「いろは」四十八組の火消しの総元締をしていた。火消しというのは火を消すのが商売ですけれど、火をつけさせれば蛇の道はヘビで、またうまいにきまっている。この辰五郎に勝は、自分がやれといったら火をつけて江戸を焼き払ってしまえといいつけた。辰五郎はびっくりしましたが、それが徳川さまへのご恩報じになるといわれてとにかくひきうけたのです。そこは勝の偉いところで、ふだんからしょっちゅう火消しとか侠客とかいう町方の実力者とつきあっている。つきあっていて情報をとる。この情報をとるということは非常に大事なことです。目測をあやまらないためには、情報を綿密に集めておかなければならない。情報は、常識的なルートで入ってくるものだけでは、必ずしも充分だとはいえない。すべてダブル・チェックしていかなければならない。このことを彼は重要視しまして、情報をとるためには、ふだん武士が敬遠するような、そういう人たちともつきあって信頼関係を結んでいる。

彼は、最初に長崎に行ったとき、こういうことをいっています。新しい土地に来たら必ず歩いてみる。町の状態を見る。そしてどこを曲ったらどうなっていて、ここをどう攻めたらどうなるかというようなことを考える。彼は軍人ですから、防衛のことをいつでも考えている。さらにこの町の性格はどういう性格で、その中心部がどこで、隣接地との交易の点ではどの道が大事であるというようなことを、一日でも二日でも歩いて覚えてしまう。江戸でも彼は馬にも乗らないで、てくてく歩いたそうです。体にもいいからというので、非常に小さな人で、五尺そこそこしかないのですが、てくてく歩いて、「ヤアヤア」というようなことをいって庶民とあいさつしながらいろいろなところへ行く。いかがわしいあいまい宿のようなところにも上ってみる。遊ぶために行くのではなくて、世情を知るために出かけるのです。

彼は、こうして新門辰五郎に焦土戦術を指示したのち、魚河岸の若い衆とバクチ打ちをそれぞれ集めて、やれといったらパルチザン作戦をやれといいつけた。刺身ボウチョウや長脇差をふりまわして、錦《きん》ぎれをつけた官兵をかたはしから切ってしまえ、というのであります。このようにして火消しや俠客を掌握しておけば、幕府が瓦解したあとでも警察権を維持することができる。こういう連中にうまく江戸の治安を維持させる。どっちに転んでも損はないわけです。

これだけの方策を講じておいて、しかも勝海舟は戦争を回避し、和平を達成しようとした。さきほど情報というものは大切なものだと申し上げましたが、こういう外交交渉のときに一番大切なのは、相手側とのあいだに意図の誤解が生じないようにしておくということです。そうでないと、対立した二つの勢力の間では、疑心暗鬼しか生れなくなって、なかなか交渉もまとまらなくなる。交渉を成功させるためには必ず仲介者というものをつくっておかなければいけない。この仲介者は、双方に対して強い影響力を及ぼし得るものでなければならないわけです。勝はこの仲介者に英国の駐日公使、パークスを選んだ。これが勝の目測の非常に正しいところで、彼は親幕的なフランスはかえってものの役に立たない、むしろ親薩的なイギリスを握っておかなければならないということを、最初から見とおしていたのです。これは彼が海軍の出身であったこととも関係があるかもしれません。フランスは陸軍国で、英国は有名な海軍国でした。しかもこの海軍というのは、半分は商売人みたいな海軍で、東インド会社というようなものと結びついて発展した海軍ですから、勝は親近感を感じていたのでしょう。

それだけではありません。元治元年（一八六四）ちょうど明治維新の四年前に、彼は大坂で西郷吉之助という薩摩の傑物にはじめて会った。西郷隆盛であります。これは薩摩の、身分は低い侍から身をおこした人ですけれども、島津斉彬《なりあきら》という名君に見出され、抜擢されて、人望これをしのぐものはないというような大人物です。この大人物と大坂で会って親交を結んだ。このとき勝についても、西郷はどこまで切れるんだかわからないといって感嘆の声をあげている。これ以来西郷と勝とは、政治的な立場としては敵対関係にあるけれども、人間的には非常に親密な、信頼関係を結ぶようになりました。これもまた大変重要な点であります。つまり勝＝パークス＝西郷のあいだには、一種のホット・ラインがもうけられていたのであります。

そこで彼はパークスに申し入れた。もし薩長が戦争に訴えてくるなら、幕府は徹底的に戦うつもりである。そうなれば、横浜に在留している外国人は戦禍をまぬがれない。外国の商館も焼き払われてしまう。日本の上質の生糸を集めた商品集積所もあぶないし、在留外人の生命も保証できない。そうなってもかまわないのかと聞いたのです。もちろんかまわないわけはない。そこで英国政府は、平和裡に江戸城明け渡しがまとまることを望むという回答をパークスからとりつける。そしてそのうえで、パークスをして西郷を大総督府参謀とする官軍、実は薩長軍をチェックさせる。力の均衡を精密に計算し、かつそれを利用して、江戸城総攻撃を中止させることに成功したのです。

勝はいわば自分の第三の立場、つまりあり得べき近代国家日本の立場をつらぬくために、英国の力をテコの支点として使うという、芸当をやってのけたともいえます。西郷と勝が芝三田の薩摩藩邸で会見し、腹芸で和議を成立させたなどというのは、浅薄きわまる解釈であって、外交交渉がそんなに簡単なことでまとまるわけがない。たしかに西郷と勝のあいだには、人間的な信頼があったでしょうけれども、勝は、この貴重な信頼関係を守りぬくためには、西郷の不信に備えて万全の手を打っておかなければならない、いや、こうして手を打ってはじめて信頼が生きるのだ、ということを知っていたのです。

このときの勝の見とおしの正しさは、主君慶喜の助命という点にもよくあらわれていると思われます。当時の薩長勢の間では徳川慶喜はどうしても腹を切らせなければいけない、彼は朝敵・逆賊であるから切腹させなければいけないという、そういう報復論が強かったのです。しかし勝は西郷を説得してこの報復論を撤回させます。さらに慶喜は、外様《とざま》で臣下筋にあたる備前藩のお預けになるという屈辱をもまぬがれて、生家の水戸にお預けになるということになりました。これはもちろん、幕臣としての勝の主君に対する忠誠のあらわれだともいえますが、それだけではありません。彼は慶喜が極刑に処されたり、屈辱的なあつかいを受けたような場合、幕臣たちがそれを恨んで、ふたたび国内を分裂させる可能性があることをいちばんおそれていたのです。ですから彼は、慶喜の命があぶなくなったら、英国に亡命させようと思って、その手はずまで調えていました。江戸城総攻撃が中止された直後、勝は英国公使パークスをおとずれ、当時江戸湾にいた英国軍艦アイアンデュークの艦長キップルを招かせて、この軍艦の出航を一ヵ月おくらせるように依頼しています。彼は、薩長がどうしても慶喜の命を申し受けるといったら、この艦に乗せて逃してしまうつもりだった。報復の連鎖反応ほどおそるべきものはないということを、勝は骨身にしみて知っていた。それも単に慶喜に対する忠義のためだけではなく、あり得べき日本という国家のために、彼は主君の生命を救わなければならなかったのです。

その後明治四年に廃藩置県になるまでの四年の間、徳川家は八百万石から駿河、静岡七十万石の大名に格下げになりました。このようにして日本国の統一はほぼ勝の理想通りに保全されたわけです。政権は平和裡に交替して内乱は回避された。もちろん東北のほうで戊辰の戦争がありますけれども、これはいわば代理戦争であって、薩長が振り上げたこぶしをふりおろさずにいると今度は欲求不満が起るから、かわいそうだけど、少し戦争をさせたというようなものです。会津あたりはこの結果非常に気の毒なことになりましたが、日本の国内分裂だけは避けることができたのでした。まあ、考えてみれば政治というものは残酷なものです。大の虫を生かすために小の虫を殺すというのが政治の論理だからです。そして小の虫の怨みを歴史は決して公平にはらしてはくれません。政治は人間の全人的情熱をそそります。しかし決して人間のすべてを解決してくれはしないのです。

ここに哀れをとどめたのは、フランスの力を利用して幕府を近代化し、事態を収拾しようと考えていた小栗上野介です。山路愛山や三宅雪嶺のような明治の歴史家にいわせると、人格、識見、知謀のすべての点で、勝海舟は小栗上野介に及ばなかったそうであります。小栗はなにをやらしてもよくできる。財政家としても、大そう頭の切れる人だった。外交官としても、最初の遣米使節に選ばれたくらいですから、たいへん有能であった。フランスの力を利用して近代化しようなどということをいち早く考える人だったという事実にあらわれているように、見通しも冴えていたでしょう。軍事的なことについても造詣が深く、また実行力があった。ただ、勝海舟は小栗上野介に欠けているある一つのものを持っていた。それは近代的な国家観です。小栗上野介は開明的な官僚であり、時勢に対する洞察もまことにするどかったけれども、彼の感受性は一点において封建的倫理観にしばりつけられていた。これは小栗のほうが勝よりずっと身分の高い家の生れだったせいもあるかもしれません。彼は幕府に対する忠義という観念をどうしても棄てることができなかった。幕府に対する忠誠を越える価値があるということにはついに思いおよばなかった。幕府に対する忠義とは私的な忠誠、私的な党派に対する忠誠であります。一方勝海舟は党派を超えた公的な忠誠、日本国家に対する忠誠に生きようとしていた。これは皇室に対する忠誠ともまた別のものです。国家という制度、自分が為政者・指導者の一人として責任を負っているインスティチューションに対する忠誠心、そういうものが存在することを、小栗上野介は知らなかった。彼にとっては幕府即国家でしたから、幕府に対する忠誠は国家に対する忠誠と一致すると信じていた。この信念を侍らしく貫きとおそうとして、彼は徹底抗戦派になったのです。勝海舟のヘゲモニーのもとに和平工作がおこなわれて、江戸城は平和裡にあけ渡され、慶喜の命も助かったというかたちになったけれども、幕臣のなかにはもちろん徹底抗戦を唱える不平分子がいた。ちょうど昭和二十年の敗戦のときの厚木航空隊のようなものが出てきた。それがたとえば彰義隊であります。上野の戦争をやった彰義隊。これはまもなく薩長占領軍に鎮圧されてしまう。小栗上野介は、北関東の自分の領地へ戻って初志をつらぬこうとするのですが、官軍側の部隊長に話があるから来いといって呼びつけられて、その道ではかり事にあって横死してしまいました。まことに気の毒な非業の最期であります。

ところで勝海舟が、国家に対する忠誠心と幕府に対する忠誠心との明確な相違に、いち早く気がついていたということは、非凡な認識というほかないと思います。なぜなら、明治になってからも、というよりはついこの間の戦争の前ぐらいまで、日本の社会には明治維新のときの藩閥の影響力が非常に強く残っていました。たとえば陸軍なら長州でなければ出世できない。海軍なら薩摩でなければ昇進がおそいというようなことがあった。閥というものは、どんな社会にも形成されやすいものですが、だいたいどれも地縁的・血縁的な人間関係に依存した徒党であるという点では似たようなもので、こういうものがはびこるところからは、公的な価値、たとえば国家に対する忠誠心などというものは生れない。だから私は、現在日本という国家はまだ決して完成していないと考えています。明治以来百年経ってしまったけれども、勝海舟が考えていたような国家は、少しもでき上っていない。それはこれから建設すべきものだろうと思います。戦前の日本帝国の弱点はなにかといいますと、天皇に対する忠誠心を国家に対する忠誠心の代用品にしていたことです。あり得べき国家に対する忠誠心を、地方的な、部分的なものから積み上げて根づかせることができなかった。しかし、それでは近代国家ができませんから、応急の処置としてそのかわりに天皇に対する忠誠心で間に合わせる。天皇に対する忠誠心は、とりもなおさず幕藩体制下の武士が藩主に対して持っていた忠誠心をそのまま転移し、拡大したものです。それはたしかに日本人に対して単に政治的なものにとどまらない大きな影響力を持っていましたけれども、もともといわば応急措置であって、近代国家日本そのものに対する忠誠心は、そのためにかえって育ちにくかったのです。この天皇制国家のプラスとマイナスが劇的なかたちで露呈されたのが、八月十五日の敗戦だったと私は考えるのです。勝海舟は幕臣ですから、天皇に対する個人的忠誠心がなかったとはいえません。しかしそれは決してファナティックなものではなかった。彼の天皇に対する敬意は、朱子学流の大義名分論のわく組みからおそらく合理的に導き出されたものだった。そういうふうにいわば合理的な考え方ができる人であったがためにファナティシズムの匂いのない国家観を持ち得たのかもしれませんけれど、海舟自身の国家に対する情熱というものは、これはあきらかに合理主義の域を超えているのですから面白いのです。とにかく海舟は、国家に対する忠誠こそもっとも重要なものだということを、江戸城明け渡しのときに身をもって示し、かつ、さきほどからのべて来たような冷静な打算と熱情とを傾けてその信念を実行してのけたのです。

今日こうやって業績をたどれば、なるほど海舟は偉い人だったというだけで終ってしまうかもしれません。しかし実際には偉いといわれるどころか、海舟の評判はきわめてかんばしくなかった。あれは裏切者だというのが定評だったのです。徳川慶喜は海舟によって命を助けられた。しかも徳川家という家を絶やさずにすんだ。慶喜は水戸にお預けになると同時に隠居させられて、跡取りとして田安家というご三卿の家から家達《いえさと》という人が入って十六代目になった。この家達はのちに華族制度が設けられたとき公爵に叙せられました。徳川慶喜も明治三十一年になってはじめて参内を許され、明治三十五年にはあらためて公爵に叙せられるという、和解が実現するのです。ですから結局徳川慶喜は勝海舟のおかげで晩節を全うしたといってもいいくらいです。しかし、それは三十年たってからわかったことであって、江戸城総攻撃とりやめの直後には、慶喜は海舟がとった収拾策に不満であった。海舟に委任しておきながら、海舟が和議をととのえた過程について、内心非常に不満であった。慶喜は当然のことですけれども、勝海舟の忠誠心を疑った。自分に対して完全に忠義ではないと思った。勝は薩摩のまわし者だろうと思い、かつ側近にもそうもらしているのです。これはある意味では当然のことで、海舟は国家のために慶喜を助けたので、その逆をおこなったのではないのですから、慶喜がその点に不満を持ったのは無理もないということになる。また逆に西郷と勝のあいだには人間的な相互信頼が成立していましたが、官軍側のなかには、西郷はていよく勝にだまされているのだ、勝こそは幕府のまわし者、獅子身中の虫ともいうべき奸物だという声があった。つまり勝は両方から悪くいわれていたのです。勝海舟という男は不忠不義の裏切者であるという、そういう定評ができていた。江戸の町人たちも、総攻撃とり止めの段階では、勝の殿様が救ってくれたと思ってありがたがった。しかし、のど元すぎればなんとやらで、生命財産を奪われずにすんだことなど、すぐ忘れてしまって勝の悪口をいいはじめる。彼らはもともと心情的には上野の彰義隊のほうが好きなのですね。これは全学連に対してかっこいいというのと同じ心理です。上野の彰義隊は、どうせ負けるものとは知りながら、薩長のダンブクロと一戦交えようとしている。「あれはいいじゃねえか、江戸ッ子のほまれじゃねえか」と、こういうことになるわけです。もう自分たちの生命財産は助かっていて、高見の見物をきめていられるものだからなおさら「ヤレヤレ」ということになる。「そこへいくてえと勝の殿様てえお人はちょいと小ずるいじゃねえか」という評判が立つわけです。

そういうわけで、勝は四面楚歌の状態になる。彼は孤独で、誰にも理解されないところに追いこまれてしまう。しかし勝という人は一種の達人ですから、ノイローゼにもなにもならない。明治維新以後は表に立とうとせずに、はじめは慶喜に従って駿河に引っ込んでいた。彼は優秀な政治家であり、かつ海外新知識の所有者ですから、新政府が閣僚になれとさかんにすすめにくる。兵部省に出仕をしろといって辞令も何度かおりるけど、それを受け取ろうとしない。自分はやはり徳川の遺臣だから徳川に殉ずる。もうお国のためにいちばん大事なことは果してあるから、あとは武士としての忠誠心に生きよう。いかに誤解されても慶喜のために生きようというふうに考えるのです。ところが明治四年、廃藩置県の断行を機会に政変があったとき、彼は政府の性格が変ったと判断して、新政府に出仕し、海軍大輔（海軍次官）になり、明治六年の政変のときには参議・海軍卿に就任しました。おそらく本能的に国内分裂の危機を嗅ぎつけたのでしょう。この海軍卿は一年少々勤めました。のちに伯爵に叙せられ、枢密顧問官になるのですけれども、このときも痛烈に批判された。明治二十四年に慶応義塾の福沢諭吉が『瘠我慢の説』という有名な文章を書きますが、これは勝の進退に対する肺腑をえぐるような批判、というか個人攻撃です。自分たちはやせても枯れても三河武士ではないかと、福沢はこういっている。三河武士というものは忠義の士だ、忠義の士というものは、世の中が変ったら山へ入ってワラビでも食っていればいい。勝が江戸城総攻撃を食い止めた大功はみとめるがそれからあとが気に入らない。勝は明治政府に仕えて海軍卿、伯爵、枢密顧問官になった。榎本武揚は海軍中将、子爵になった。この処世はなにごとであるか、三河武士のやせがまんの精神を欠くものであるといって痛罵した。福沢という人はいうまでもなく、三田先生・洋学の家元といわれた開明派で、勝と立場がよく似ている。英米派であり、開国派であり、薩長的ファナティシズムのきらいな人である。しかも幕府の制度の時代遅れなところには根本的な批判を持っていた人です。勝は政治家で、福沢は教育者だという違いはありますけれども、立場としては非常に似ていたはずなのです。その理解者であってしかるべき福沢から、匕首《あいくち》をつきつけられたような激しい批判を浴びせかけられた。福沢はもっともこれを公開しませんでした。私信として勝と榎本に送りつけて返事を要求したのです。勝はそれに対して二行ぐらいの短い返事を書いた。どういう返事かといいますと、「毀誉《きよ》は他人の主張、行蔵は我に存す。我に関せず、我にかかわらずと存じ候」それだけなのです。どういうことかというと、やったことが正しいとか悪いとかいうことは、世間の評判にすぎない。しかし行動をした主体は自分だ。おれは好きなように、自分の良心と信念に基いてやったんだ。つべこべいっても、おれは知らんぞ、とこういったのです。この挿話を思い出すたびに、私は政治的指導者と教育家というものの、微妙な、しかし超えがたい相違を思わないわけにはいかない。それは実行家の責任のとり方と、教育家の人間に対する理想、ほとんどデマゴギイと紙一重の理想との差でもある。勝は政治が力だということを知っていた。また彼は自分の卓越した能力についても充分自覚していた。自分のような能力者が、力の一端をつかんでいないでどうして近代国家をつくり上げることができるか、いや、どうして幕臣の叛乱を未然に防ぐことができるか。福沢ごとき一知半解の徒が、しかも政治の渦中から身を引いている単なる口舌の徒がなにをいうか、勝はこう思ったにちがいない。彼はよく「無《こう》レ功亦無《なくまたなも》レ名《なく》」といいました。また「辛苦経営」ともいいました。維新以後の彼の後半生は、その卓抜な目測を生かし、情熱を傾注して、近代国家日本への責任をとりつづけた後半生でした。マックス・ウエーバーは、政治的指導者が決しておかされてはならない悪徳として、虚栄心というものをあげています。つまり自己顕示欲であります。「無功亦無名」の勝は、おおむねこの悪徳からは自由でありました。

二つのナショナリズム

——国家理性と民族感情——

講演日　一九六八年三月一五日
主　催　日本短波放送
会　場　安田生命ホール

I

ちょうどいまから百八年と数ヵ月前、万延元年（一八六〇）の端午の節句に、一隻の軍艦が東京湾の浦賀沖に入ってまいりました。この軍艦は、日章旗を掲げた軍艦であります。非常に小さな、三百トンそこそこの軍艦であって、動力に使っているのは主として帆と、それから蒸気機関。その名前は咸臨丸という軍艦《ふね》です。この軍艦のキャプテン、艦長をしていたのが幕臣の勝麟太郎という侍です。当時三十八歳。

勝麟太郎が浦賀に帰ってきたのは、前の年に日米修好通商条約という条約の批准が完了いたしまして、その批准書交換のために渡米していたからです。条約というのはご承知のとおり、批准（ラティフケーション）ということがあってはじめて効力を発生するたてまえになっています。日本がこのような条約を外国ととりかわしたのは、このときがはじめてです。日米修好通商条約は日本の近代の外交関係の端緒を開いた条約であります。もちろんこれは嘉永六年（一八五三）にペリーが四隻の軍艦をひきいて浦賀にやってきて、日本に開国を要求するという事件を発端としてはじまった外交交渉の結果できた条約であります。この条約の批准書を交換するために、正使・副使を乗せた米艦ポーハッタンの随行艦として、その年、安政七年正月十三日に、勝麟太郎を艦長とする咸臨丸は品川の海を出ていった。たいへん難航海をして、二月二十五日にサンフランシスコへ到着し、首尾よく使命を果して、その年の五月五日に浦賀に帰ってきたのです。その間に安政という年号が改元されて、万延元年と変った。

勝は、行きは船酔いをしたりして、それが記録に残ったりしていますけれども、帰りの航海は意気揚々として帰ってきた。ところが浦賀に着いても、なんの歓迎もおこなわれない。日本人として最初に太平洋を横断して来たというのに、少しも歓迎してくれる様子がない。それどころかまだだれも乗組員が上陸していないうちに、幕府のいまでいえば政治警察の連中がつかつかと乗り込んできまして「この船に水戸の者はいないか、水戸の者がいたら早く出せ」という。勝はびっくりして、「いったいなにが起ったんだ」というと、彼が太平洋を行ったり来たりしているうちに三月三日、当時の総理大臣にあたる幕府の大老、彦根の城主井伊直弼が、水戸の浪士に桜田門の外で斬り殺されたというのです。この井伊直弼は日米修好通商条約の締結、批准ということを強硬に推進した幕府の最高責任者です。井伊政権のもとで批准書はアメリカに送られ、咸臨丸の米国派遣も決定されたわけです。ところが、勝が生れてはじめて外国というところへ行って、眼と心を海外に開いて帰って来てみると、開国政策を推進していた当の最高責任者が、水戸の攘夷派の浪士にやられてしまった。勝はとぼけたところのある人ですから、「水戸ッポなんざひとりもいないよ、だいたいアメリカに水戸があるかね」というようなことをいって、政治警察を煙にまいて帰してしまった。事実水戸藩の人は一人も乗っていなかったのです。

勝は翌々日に上陸して、江戸へ帰ってくるのですけれど、まわりを見わたしてみると世の中は一変している。攘夷論が横行している。そのころ攘夷論の本家になっていたのは、烈公徳川斉昭をいただく水戸藩です。水戸は朱子学のさかんなところで、この水戸学は大義名分論といって、昔から皇室尊崇の気風の強いところですから、外国と交際するなどもってのほかである、この皇国の神聖なる土地を夷狄に踏み荒されるのは座視できないという、古色蒼然たる議論を唱えている。まだ勝海舟――この勝麟太郎はのちの勝海舟でありますが、勝海舟が米国に出発するころには、日本の政策は、開国政策でした。とにかく彼我の実力がちがいすぎるのだから、攘夷は実行不可能である。これだけ強力な外国が圧力をかけて来たのに鎖国の政策を固守しているわけにはいかない。なんとかして外国交際の道を開きながら防衛の手段を講じなければならない。とにかく条約を締結しようというわけで、日米和親条約・日米修好通商条約の二つの条約を結んだわけです。ところが勝麟太郎が帰ってきたら、井伊大老の横死とともに開国政策は挫折して、この条約締結の過程で幕府が示した屈辱的な態度や、条約の不平等性を批判する声が強くなって来た。つまり外国と接触するのは敗北である。国を閉ざせ。なんでもいいから追い払えという、そういう意見がほうはいとおこってきた。

この勝海舟がアメリカから浦賀に帰着して体験した政治的気流の変貌、海舟自身が代表していた政策と、彼が帰ってきて発見した当時の日本の現状との落差のあいだに、今日までわれわれ日本人を拘束している重要な問題が隠されていると思われます。よきにつけあしきにつけ外国との密接な交渉が起るとき、いつでもくり返してわれわれの前に提出される問題の原型ともいうべきものが、この安政七年＝万延元年の政情の中に圧縮されていると私は思うのです。一つはいうまでもなく開国論が代表する開かれたナショナリズム、あるいは国家理性の立場。もう一つは水戸的な攘夷論に象徴される閉ざされたナショナリズム、あるいは民族感情の立場です。

Ⅱ

これから私は、随時歴史をふりかえりながら、この二つのナショナリズムの問題を考えてみたいと思います。幕府の開国政策は、幕府が日本の正統政府として認められていた慶応四年まで、諸外国から日本の公式政策とみなされていた。ところが日本の国内の状況はこの政策をめぐって混乱をきわめたのです。外交問題に触発されて、封建幕藩体制の矛盾が次々と露呈されはじめ、根本的な改革がおこなわれなければどうにもならない状態になったということは、さまざまな立場の歴史家が一様に指摘するところで、この改革運動のバネになったのが攘夷思想だったというのも明らかな事実です。しかし外国との交際の面に限定して考えますと、日本はこの間一貫して開国政策をとり続けてきたかたちになるわけです。そののちだんだん政治情勢が悪化していって、開国論を代表している幕府の勢力はどんどん追い詰められていく。これに替って、少くとも表面的には攘夷論を主張している薩長の勢力が急激に強くなっていく。結局慶応四年正月の鳥羽・伏見の戦いで幕府側が敗れまして、明治維新が実現するわけであります。

この政治過程で、私どもは薩長側の、たとえば西郷であるとか、大久保であるとか、木戸であるとかいう人々がなにをしたか、ということについてはいろいろ知っておりますけれど、当時国家理性を代表して開国政策をとった幕府側の指導者の行動については知るところが少い。これは私どもが大体薩長側の視点から書かれた歴史ばかり読んでいるためで、戦後になってもこの事情はあまり変っていません。当時の開国政策をとっていた幕府側の指導者は、この激動の中でどう身を処していたか。どういうふうに知恵を働かして国をあやまらせないために努力したか。彼らは結果としては敗れたのですが、調べてみるとそこにはいろいろ見るべきものが現れていると思います。

たとえば幕府の最後の将軍、徳川慶喜が、鳥羽・伏見の戦いの直前にとった態度などは、なかなか見上げたものといわないわけにはいかない。当時外国政府から承認されている唯一の日本政府は徳川幕府であって、国際公法の立場からいえば、薩摩の軍隊はこの中央政府に対する叛乱軍です。薩摩側からみれば、自分たちは官軍、つまり京都の朝廷の軍隊であるという理屈ですが、こんな理屈は国際的には通用しません。事実戦争の最初の段階では、薩摩の軍隊はまだ正式に官軍にすらなっていなかった。二日目から錦切《きんぎれ》というのをつけて、官軍だということになりましたが、そこにはいろいろ薩摩側の攘夷派の志士たちの暗躍があった。いつの間にかうまいぐあいに官軍になりすましてしまったのです。とにかく慶喜は、薩摩の軍隊が叛乱を起したから自分は唯一の正統政府の代表者としてこれを鎮圧にいくということを内外に宣明した。当時、慶喜は大坂城にいましたので、外国の総領事館や公使館はみな大坂に集っていた。外国使臣たちは、慶喜に信任状を提出していたのです。慶喜はこの外国の使臣たちに対して、自分はこれから叛乱軍を鎮圧に出撃するのである。これは純然たる国内問題であるから、決してこの間に軍艦や商船を開港を許されている五つの港以外の港に入港させてはならない。また叛乱側に糧食や武器を売ってもいけない。それは内政干渉であり、あえてそのような手段にうったえた国は、みずから条約を侵犯したものとして、それ相当の報復を受けるであろうという、公式の外交通牒を手交しています。つまり慶喜は、これから開始しようとする武力鎮圧作戦に外国勢力の介入を招かないような法律上のクギをさしてから、鳥羽・伏見の戦いを起している。

これは慶喜という人が、結果的には単に幕府の利益のみならず、それを超える国家というものを真剣に考えていた指導者だったということを示す挿話ではないかと思います。

この点では、調べてみますと、むしろ薩長側のほうに外国勢力の介入についての配慮が抜けている。鳥羽・伏見の戦いで幕府の軍隊を打ち破って、京都の朝廷中心の維新政府をつくってみたものの、当時日本にとって最も重要な外国との接触点であった長崎港の防備を、薩長は全く放置してしまう。もともと、長崎という港は幕府の直轄地、つまり天領です。そこには幕府から派遣された長崎奉行という役人がいて、この長崎奉行の支配のもとに、鎖国時代唯一の対外接触点となっていた長崎港が警備され、管理されていた。ところが幕府が倒れてしまったために、長崎防衛の責任者がいなくなってしまったのです。だれも長崎を管理する者がいない。当時長崎の港にはロシアの軍艦がいる、イギリスの軍艦がいる、アメリカの軍艦がいる、諸外国の軍艦が舳々相摩して碇泊している。だから彼らがもしここで共通の利益のために陸戦隊を組織して、長崎の町を占領してしまおうとすれば、これは赤子の手をひねるようにたやすかったのです。薩長側は幕府から政権を取り上げてしまったのだから、すぐ長崎を押えなければならない責任があった。それなのにだれもこの責任をとろうとする者がいない。実はそのことに考え及ぶ者すらいなかったのです。ということは、逆にいえば、慶応四年正月現在、国家の対外的な利益を真剣に考えていたのは、むしろ朝敵呼ばわりされていた慶喜以下の徳川方のほうであって、官軍として勢《きお》い立ち、正義の味方のような顔をしていた薩長のほうではないということになろうかと思います。薩長は政権奪取と新政府部内の権力闘争で頭がいっぱいで、長崎のような重大な場所を警備するという配慮を、全く政策から脱落させていたのです。

しかし日本人という国民はなかなか偉い国民で、政府がほったらかしておくとちゃんと現場にいる連中がめんどうをみる。長崎はさっきのべた通り、徳川幕府の直轄領でありましたけれど、幕府自身警備のための兵力を動かすことはできませんから、福岡の黒田藩と佐賀の鍋島藩と、この二藩に申しつけて、一年交代で長崎に出兵させ港の警備に当らせていた。慶応四年当時佐賀の藩侯は、隠居の身でしたが英明の名の高かった鍋島閑叟という人でした。鍋島家はもともと幕府と親しい大名で、閑叟は第十四代将軍家茂の傅育《ふいく》係を任されたほど幕府に信用の厚かった人であります。肥前三十五万七千石の大名です。この鍋島閑叟が急遽、近隣の大藩小藩の大名に回状を回して、幕府がなくなってしまって長崎が真空状態になったのは一大事である。あそこには何隻も外国の軍艦がいる。もし長崎に兵隊を揚げられてしまえば、ちょうど中国の上海や広州などと同じように、外国租界ができ上ってしまう。まさに中国の港はこのようにして軍事占領され、既成事実をつくり上げられた。そうなったらたいへんだから、急いで自分たちの力で自主的に長崎を守ろうといって、周辺の諸藩から兵隊を供出させて、管理と防備にあたった。その措置が非常に臨機応変になされて、かつよろしきを得たものですから、長崎はそのままずっと占領されずにすんだのであります。

ところが徳川慶喜が朝敵呼ばわりをされたのと同じように、この鍋島閑叟ももう少しで逆賊にされるところだった。新政府ができたというのに、閑叟はなかなか京都へやってきておじぎをしない。佐賀藩はそのころ最も進んだ近代的軍隊を持っていた藩ですから、あいつは賊軍につくつもりじゃないかという疑心暗鬼が新政府部内に生れる。なかには、東に徳川慶喜を討ち、西に鍋島閑叟を討たなければいけないという、そういう極端な議論が京都の朝廷でおこなわれたりする。ところが閑叟という人はなかなか偉い政治家で、朝廷のほうにもちゃんとチャンネルができていましたので、あるお公家さんがこの追討論をとりしずめてくれまして、長崎の防備に当っていたのだからといういい開きが通った。そのおかげで辛うじて朝敵にはされずに済んだ。つまり閑叟は、あやうく不在になりかけていた国家理性を、長崎で代行していたのでした。

これもまた象徴的な事件といえるでしょう。つまり開国――外国勢力の圧力や脅威をよく知っている者は、当然単純な攘夷論に走れなくなる。攘夷といっても、こっちが圧倒的な力を持っていて、むこうの力が脆弱なものであれば、大砲をボンボンとぶっ放してこれを追っ払ってしまえばいいのですけれども、残念なことにそのころの西洋列強はテクノロジーが非常に進んでいた。日本は鎖国体制のおかげで、平和が二百七十年という長期間続いたのはたいへんよかったのですけれども、科学技術の面では明らかに遅れをとっているし、国内の政治体制も近代的な競争社会に即応できなくなっている。そのように彼我の力の差が歴然としているときに、日本の国土をなんとかして守り抜き、政治的独立を維持するためには、単純に感情に走って、攘夷々々と唱えていてもどうにもならない。当時攘夷論というものの引き出した革新のエネルギーは、これはたいへんなものでありまして、なにしろ明治維新をなしとげてしまったぐらいのものですから、旧体制を打ち倒すということに関しては、たしかに一つの目的を達成したけれども、その過程で、盲目的な閉ざされたナショナリズムに走り、国家全体、国民全体の利益というものが、いま挙げた二つの例からもわかるように、つねにはっきり把握されていたとはいいがたいのです。

ところが面白いことに、このように手ぬかりの多い、攘夷主義者がつくった新政府が、やがて自分の責任を自覚しはじめると、一転してこと外交政策に関するかぎり、あれほど攻撃していた幕府の政策を継承しはじめるのですから妙なものです。ここのところは非常に大事なところだと思います。いままで尊皇攘夷と称し、京都の朝廷をいただいて蛮夷を追い払うのであるといって民心をひきつけてきた西南雄藩の志士たちが、いったん政権を奪取してみると、国家理性に目覚めざるを得なくなった。攘夷が簡単にできないことは、長崎の問題をひとつとってもあまりにも明瞭である。彼らは皮肉なことに仇敵井伊直弼が基本線を引いた政策を継承せざるをえなくなったわけです。それどころか、彼らはやがて攘夷どころではなくて、開国に辶《しんにゅう》をかけたようなことをやりはじめる。それがわれわれが今日ひそかに、——ひそかにではないかもしれませんけれども——誇りにしている明治の改革であります。あの明治の改革というものは、実際には維新直前まで改革に反対していた連中によって遂行された事業です。つまりここでじつに不思議なことが起った。攘夷論をかかげて政権をとりながら、政権をとった瞬間に敵がやろうとしていたことをやりはじめた。そういう形でおこなわれたのが明治維新というものの奇妙な心理的なプロセスなのであります。

　ですから当時日本人の前には三つの選択があった。一つはいうまでもなく、文字通りの攘夷であります。完全に鎖国政策を守り続けて、外国との接触を拒否する。この道を選べば結果が報復的な軍事占領と植民地化だということは眼に見えています。もう一つはその裏返しであって、国家の統一をなおざりにして、そのままずるずるべったりに植民地になってしまう道です。当時の中国あるいはインド、または後年のインドシナがそうであるような道を歩む。ところが日本が実際に選んだ路線は、——その根本はすでに安政の条約締結のときに決定されていたのですが——むしろ国を開くことによって独立を守る、開国に踏み切ることによって政治的独立と文化的自主性を守るという、逆説的な路線でした。この逆説が明治維新をはさんで安政の和親条約以来今日にいたるまで、日本の運命を決定しているともいえると思います。

このことを考えると、有名な西郷隆盛と勝海舟の江戸城明け渡しの談判などは、象徴的な意味を持っていたということができるでしょう。そのくわしい経緯については、なんか話しているのでここでは省略しますけれども、一言にしていえば、それは勝によって象徴される国家理性と、西郷が象徴する民族感情とが、この話し合いを通じて融合したということです。勝という人は、まあいってみれば火消し役、リリーフ・ピッチャーのようなつかわれかたをした人で、幕府側のぐあいがわるくなるたびにベンチから呼び出される。このときも、九回の裏二死満塁という状態で急きょ登板したという感じですが、彼はいわば政権担当者だった幕府の代表者として、幕府がそれまでに集積した国際情勢に関する情報や、世界的な視野——政権担当者だけが自由にできる視野を背景にして登場する。しかも勝は、このような国家理性のにない手である自分が、民族感情の爆発に対面していることもよく知っている。力を持っているのは彼ではなくて、閉ざされたナショナリズムのにない手である西郷のほうなのです。

西郷には、世界情勢についての知識などはほとんど皆無にひとしい。彼の思想は陽明学で、「敬天愛人」というような東洋的な思想を一歩も出ていない。しかし、まさにそうであるが故に、西郷はその人格を民族感情の象徴とすることができた。つまり、当時の下級武士たちは、勝の見識に自分の分身を見ることはできなかったけれども、西郷の人格の中には自分の感情の投影を見ることができたはずです。西郷の人望というのはそういうものだった。そして人望ならびなき大総督府参謀西郷吉之助の胸中にあったのは、幕府を倒して関ケ原の仇を報じたいという一念だけだった。彼は極言すれば、徳川幕府のかわりに島津幕府がつくりたかったので、封建制度の廃止すら考えてはいませんでした。

民族感情というものは、だいたいいつでもこういうものです。「反体制的」民族感情というものが、つねにそれ自体革新的な意義を持っているということはない。それは爆発すればたしかに体制をこわします。しかしこわしたあとにできあがるもののかたちを、かならずしも保証しているわけではないのです。

勝は、まあ西郷に降伏したわけですが、降伏する過程で西郷からいろいろな条件をとりつけている。まあ主君慶喜の助命とか、江戸の無血入城とか、幕府艦隊の保全といったような条件です。こうやって条件をつけながら、そして幕府軍と薩長軍＝官軍の正面衝突を回避しながら、彼は西郷が象徴する民族感情に国家理性を植えつけていった。当時幕府の背後にはフランスの勢力があった。フランスの駐日公使レオン・ロッシュは、幕府内のタカ派と通じて、なんとかして幕府軍を勝たせ、日本をフランスに有利な状態に誘導しようと心をくだいていました。一方、薩長、ことに薩摩の背後にはイギリスがいました。イギリスの駐日公使パークスは、いちはやく薩長の勢力に注目して、これを陰に陽に支持していました。ですから、もし幕府軍と官軍との正面衝突がおこれば、これは当然一種の代理戦争になっただろうと思われます。日本人同士が戦争をして、フランスかイギリスか、いずれにせよ外国の利益のために血を流しあうくらいばかな話はない。勝はここのところの理を、西郷に説いて聞かせたと思われます。「西郷さん、同胞が血で血を洗ういくさをしているあいだに、外国に漁夫の利をうばわれたらどうしますか」と、彼はつめよったかもしれない。西郷は、「それは大変でごわす」と、いったかいわないか知りませんが、とにかく彼のナショナリズムに少くともこのときは外界に通じる窓が開いた。この二人のあいだに、以前から面識があり、人間的な共感が通いあっていたことは、日本にとって本当に幸いなことでした。維新の最大の危機は、こうして国家理性と民族感情の対決、さらにその上に生れたより高次の開かれたナショナリズムによって収拾されたのであります。

しかしながら、歴史というものはまことに皮肉なもので、明治政府がひとたび日本の正統政府として国家理性を代表する立場におちつくと、今度はこれに対する民族感情の反撥が生れる。これは、はじめは廃藩置県以後の士族の叛乱というかたちで表面化します。なかでももっとも悲劇的なのは、佐賀の乱の主謀者江藤新平の例で、フランス流の法治主義者だった江藤が、士族の反政府の叛乱にまきこまれて自滅してしまったのは、なんとも悲惨の極みです。この当時の閉ざされたナショナリズムはだいたい征韓論というかたちで表現されている。西郷自身この征韓論を主張して野に下り、ついに西南戦争をおこして自滅してしまった。この時期に国家理性を代表していたのは、なんといっても西郷の莫逆の友だった大久保利通でしょう。明治十一年に大久保が暗殺されたのちには、閉ざされたナショナリズムは、奇妙なことに「自由民権」運動という、その標榜する思想はまことに近代的かつ急進的であるかのようでありながら、その心情はおおむねむしろとりのこされた者の忿懣に根ざしている反政府運動に、仮託されるようになります。それと同時に、条約改正という問題をめぐって、国家理性と民族感情の分裂が、典型的なかたちで展開されるようになるのであります。

Ⅲ

ところで勝海舟の明治維新以後の進退というものは、非常に興味深いものです。従来勝海舟という人は、西郷隆盛との江戸城明け渡しの談判で、人生のいちばんはなやかな場面を終えてしまって、それ以後は全くあとを隠してしまった人であると考えられております。もっともなかには福沢諭吉のように、勝海舟が幕臣でありながら参議・海軍卿として明治新政府に仕え、のちに伯爵を賜って枢密顧問官にまでなったことを、主家を裏切って敵についた裏切者である、三河武士の風上におけぬものであるとはげしく非難する者もあった。福沢という人はもちろん幕臣の出でありますが、元来わりあいに慎重な人であって、個人攻撃のようなことはあまりしたことがない。現に上野で彰義隊が叛乱を起したとき、血気にはやる学生たちが彰義隊に行くんだとか、いやそうじゃないとかいって騒いだときでさえ、慶応義塾で平気で本を読んでいた。ウエイランドの経済学をいつもの通り講義していたというような、そういう教育者、文化主義者なのです。とはいってもやはり福沢も幕臣のはしくれであって、どうにも勝と榎本武揚の出処進退が納得できなかったらしい。『瘠我慢の説』というのを書いて、痛撃したわけです。そのとき榎本のほうは多少弁解じみた手紙を書きましたけれど、勝の答えというのがじつにふるっておりまして、自分の行動は自分の胸三寸にある。これに対する非難は、それは他人の意見である。自分はそんなことにはぜんぜん関知しないという素気ない返事を書いて、福沢諭吉のところに送りまして、それっきり黙っていた。

しかし今日、公平な眼で勝の全集を検討してみますと、明治以後、とかく非難の対象となった勝の行動は、じつはかなり一貫したものだということがよくわかるのであります。と同時に、勝海舟のように民族感情のおもむくところを察知しつつも国家理性を一貫させようとする立場、具体的な、徳川方とか薩長方とかいうような党派を超え、日本人が外国の圧力に接したときほとんど本能的に奔出する攘夷的な心情に溺れず、なんとかして党派を超越した国家的な利益を正確に計量しつつ、国家と国民を保全し、かつこれを伸ばしていこうと考える、そういう開かれたナショナリズムの立場というものが、いかに理解されにくいものであるかということもわかるのであります。

勝はさっき申し上げましたように、明治四年に太政官政府に出仕しまして、明治六年には参議・海軍卿に就任する。このときまで彼は駿府、現在の静岡に隠居しているのです。勝という人はとにかく日本海軍の草分けのような人で、非常な外国通でもありますし、経済通でもあるし、どうしたって近代国家体制の整備には不可欠の人材です。勝の識見を新政府は利用したい。また新政府の中には、知人もいるので、出仕を勧める声がさかんにあった。海軍卿になる前にも、彼は二度も三度も政府から辞令をもらって、兵部大丞になれとか、ほらなんだとかいわれているのですが、全部断っている。自分はやっぱり徳川の遺臣であるからいま出ていくわけにはいかないということをさかんにいいつづけている。ところが明治六年に、それまで薩長土肥の連立政権であった太政官政府の中にひとつの地すべりが起りまして、西郷をはじめ、副島種臣とか、江藤新平とか、板垣退助とかいうような人たちが下野するという事件が起った。太政官政府、つまり明治新政府は、このとき深刻な危機を迎えるんですね。つまり一応薩長土肥のヘゲモニーのもとでの挙国体制をつくって、近代国家建設に進んでいこうとしはじめたところが、ちょうど廃藩置県という大改革を行った反動で、まさに政府が内部分裂をするという危機に直面した。

そのときに勝が登場するのです。勝の神経というものは、こまかく見ていくとよくわかるのですが、国内分裂の危機に対してまことに敏感に反応する。国内が党派に分裂して、ひび割れが生じると見てとると出て来て、党派的分裂を超える価値に自分をデディケートしようとする。明治六年の政変のとき、勝はもはや徳川家の遺臣であるという名分に固執するのは、日本人としての本分にもとる。自分がもしかりに能力があるとするならば、ここでやはり国家にこそ自分の能力を捧げなければいけないと、考えたのだろうと思います。ここで党派を超える国家という視点が生きているのは、彼が外側から日本を見る眼を喪っていないからです。

彼はやがて参議・海軍卿を暫くつとめて、やめます。そしてのちに伯爵・枢密顧問官になったりするのですけれども、そこにもやはり彼の深謀遠慮がある。さきほど士族の叛乱のことを申しましたが、佐賀の乱にせよ、前原一誠の萩の乱や西郷の西南戦争にせよ、みんな維新で勝ったほうの士族の乱です。しかし、考えてみれば怨みがいちばん深いのは旧幕府側の士族にきまっているので、いくら徳川家が華族になったからといっても、やはり徳川方の反政府感情は根強くのこっている。維新までは薩長側が反体制派で、徳川方は体制側だった。だけどそれが今度はひっくり返ってしまった。徳川方には新政府批判の気持が強いから、まず筆の立つ者は、ジャーナリストになって大いに論陣をはろうとする。騎兵奉行だった成島柳北などという人は、「朝野新聞」という新聞を興して政府を攻撃する。幕府の最後の駐仏公使栗本鋤雲という人も「郵便報知」という新聞を興して、これも政府攻撃の論陣を張る。そして讒謗《ざんぼう》律その他の当時の言論抑圧の条令に触れては牢屋に入れられる。七十日ぐらい入っていて、また出てきては新聞を出す、というようなことを毎年やっている。いまどころのさわぎではない。世上騒然とした大さわぎで、幕臣のほうはなんとかして政府をやっつけようとやっきになるし、政府のやっていることにも、さまざまな腐敗が生じはじめる。そういう政治不安がずうっと続いているわけです。われわれは明治というとなんとなくよく治まった時代のような印象を持っています。しかし、実状はそれどころじゃない、いまとちっとも変りやしない。というか、ついこの間まで刀を二本さして人を斬っていた連中の集りですから、いまよりもっと激しくけんかをしている。大体当時の江戸ッ子たちは、「上からは明治だなどというけれど、治まるめえと下からは読む」という落首を詠んでかげ口を利いていたくらいの混乱ぶりだったのです。

そういうとき、もし徳川方が結束して反体制勢力をつくり上げ、武力蜂起したらどうなるでしょうか。佐賀の乱や西南戦争どころではないスケールの内乱が起ることは眼に見えている。そうすれば、日本はふたたび外国勢力介入の危機を招きかねない。その危険は明治維新以後になっても、少しも日本の周辺から解消されてはいなかったのです。現に明治十七年になると、フランスがインドシナ半島に進出し、清仏戦争を起して、その結果いまのベトナムをはじめとするインドシナ半島をフランスの保護領にしてしまうという事件が起ります。この事件は、太政官政府を廃止し内閣制度の採用をうながしたひとつの動因になったものと考えられます。

われわれは明治の歴史を見るとき、だいたいいつも国内政治のプロセスばかり見ていますけれど、その上にもう一つ外国との交渉という機軸をあててみますと、この時代の大半が危機の連続であったことがわかる。日清戦争以前の朝鮮半島の状態を見ても、日本とアメリカ、清国（中国）と帝政ロシアという四国の利害がじつに複雑に錯綜していて、現在朝鮮半島に集約されている問題が、当時からすでに存在していたことがわかります。国際環境はまことにきびしかった。こういう状態のときに国内に大きな分裂抗争が起ると、日本の安全独立ははなはだ心もとないものになってしまう。勝海舟はこの危険を察知して、枢密顧問官という閑職について政府側と徳川方とのパイプになり、徳川方の連中が軽挙妄動しないように心をくばっていた。徳川氏は、いまや日本の徳川氏であって、幕府の徳川氏ではない。したがって薩長対徳川というようなことで争ってはならず、日本という国を優先させてものを考えなければいけない。政府を批判するのなら、国家と国民の利益に建設的に作用するような批判をしなければいけない。そのためにも徳川の勢力は、十六代目の家達公を中心にまとまって、かりそめにも軽挙妄動してはいけないということを、勝はさかんにいい続ける。全く一介の無官の大夫であっては言論に説得力が生じないから、彼は枢密顧問官の地位を利用して、日本の近代国家体制が軌道に乗るまで懸命の努力をつづけた。このために人の目につかないようなところで、いろいろこまかい芸当をこらしたのであります。そういう勝海舟の舞台裏での努力のなかで、もっとも印象的なもののひとつはなにかといいますと、条約改正問題に対する勝の態度であります。

　条約改正というのは、ご承知のとおり井伊直弼が不利な状況のなかで結ばされた安政の日米修好通商条約、及びこれをモデルとして諸外国とのあいだに締結された不平等条約を、平等的な条約に変えようという外交交渉です。日本と諸外国との地位を法律的に平等なものにする。外国人に不当な特権を与えないようにする。そして西欧列強と日本との平等な友好関係を早く実現するということが、明治新政府成立以来の外交懸案になる。ですから当然、外交問題に関するかぎり幕府の政策を継承した明治政府は、新政府ができるとすぐから、この条約改正の可能性を検討しはじめる。明治三、四年ごろ、副島種臣が外務卿だったころから条約改正問題が太政官政府の宿題になり、明治十三年にはじめて外務卿井上馨が一つの条約改正案をまとめて、各国と交渉を開始したのですが、なかなかうまく行かない。それはそうでしょう、国際関係の不平等を解消することほどむずかしい交渉ごとはないといってもいいくらいですから。その後井上案に幾度か修正がおこなわれ、交渉が再開されますが、どれも中途で挫折してしまいます。そのために明治十年代の後半、明治十八年、十九年、二十年ころになりますと、いわゆる鹿鳴館時代というものが起る。これは日本がいかに短期間のうちに西洋並みの国になったかということを誇示するために、いまから考えれば屈辱的なほど滑稽な話でありますけれども、当時の貴顕紳士——つまり、ついこの間までチョンマゲを結っていた連中が、カイゼル髭をはやしまして、ドイツ製やフランス製の軍服やキンキラキンの大礼服を着る。また、ついこの間までこんな大きな丸まげかなんかに結っていた貴婦人が、フランス風のローブ・デコルテなどを一着に及んで、ブンチャカブンチャカ楽隊にのって西洋人とダンスをして回る。この気狂い沙汰も、もとをただせばこれぐらい日本は西洋化したんだから、そろそろ平等につきあってくれてもいいではないかという、そういう必死の気持のあらわれでした。もちろん鹿鳴館時代には、政府上層部・貴顕紳士淑女の極端な欧州崇拝が国民一般からの非難の的になった。民族感情は当然この条約改正という問題に根強く反撥を示したのです。

歴代の外務卿・外務大臣のなかでも、権変縦横の才をふるって世論に抗し、何度目かにやっと条約改正を具体化の瀬戸際までもってきたのは大隈重信でした。彼はこういうことを考えたのです。条約改正を当時はばんでいた条件の一つは、日本の法廷が非常に野蛮であると考えられていたこと。日本の法廷はつい二十何年前までは、すぐ罪人の首を切ったりしていた。こういうところでは西洋先進国流の公平な裁判は期待できないから、治外法権を撤廃するわけにはいかない。日本の法廷で外国人が裁判を受けるなどということは、とんでもない話だと、さかんに諸外国は主張したのです。それに対して明治二十二年、黒田内閣の外務大臣だった大隈重信は、それならひとつ裁判官に外国人を任用すればいいじゃないかということを考えた。日本の法廷の裁判官に、たとえばイギリス人やアメリカ人やフランス人を雇ってきて、これらお雇い外国人の法律家を裁判長にして法廷を構成すればいい。そのうちに彼らをもしできれば日本に帰化させてしまえばいいじゃないか、スミスとかブラウンというような日本人ができたっていいじゃないか。大体国籍などというものは移動可能なものだから、もし問題があるなら日本に帰化させてしまえばいいじゃないかというようなことを考えて、そういう条件をつけた新改正案を、各国に提示しようとした。ところがこれが、どこからどう洩れたのか、「ロンドン・タイムズ」に全文スクープされてしまった。日本の大隈外務大臣の条約改正案はかくかくかくのごとしといって、「ロンドン・タイムズ」にでかでかと正確な条文が出てしまった。これはもちろんすぐ日本に打電されてまいりますから、当時政府が考えていた条約改正の構想はたちまち明らかになった。

　そうするとこれはどういうことになるでしょうか。日本人はただでさえ単一民族の国です。国民はすべて日本民族であって、アメリカのようにいろいろな人種の寄り集りではない。みんなが同族で、一民族・一言語・一国家というめずらしい国家でありますから、外国人に対して異質なものを感じる度合いが強い。この感情は現在でもかなり根強く残っておりますけれど、その当時はもちろんもっと強いものでした。もともと諸外国は不平等な治外法権を持っているということで、日本人の自尊心を非常に刺激していた。そこへもって来て、外国人の裁判官を神聖なる陛下の法廷に任用するなどとはとんでもない話だというので、いわゆる攘夷的なナショナリストの民族感情の憤激は沸騰いたしました。その年の十月十八日、大隈重信が閣議を終えて、二頭立ての馬車で外務省に帰ってきた。当時の外務省は今と同じ霞ケ関にありましたが、大名屋敷を改造したところですから、大きな冠《かぶ》木《き》門がありまして、そこへ馬車を乗り入れたところが、突然ものすごい爆発音が起った。「爆裂轟然《ごうぜん》天地震動百雷一時に隕《お》つるが如く四辺漠々《しへんばくばく》白煙咫尺《しせき》を弁ぜず」とものの本には書いてあります。これは来島恒喜という壮士が、大隈は国を売る者である、神聖な陛下の法廷に夷狄の裁判官を任用しようという奸計をもくろんでいると思って、殺す目的で爆弾を投じたのです。もちろん馬車は破壊され、外務省の玄関口は一瞬にして惨状を呈した。この来島恒喜という人は福岡・黒田藩の士族でいろいろ国を憂えていた、いわゆる壮士の一人であります。当時三十一歳。これはもちろん侍の出でありますから、敵の命を奪ったからには自分も生きているわけにはいかないというので、持っていた刀で喉笛をかき切って、その場で死んでしまった。ところが皮肉なもので、大隈重信のほうは死んでいないのです。大隈重信のほうは片脚が吹っとんだだけで、命に別条はありませんでした。ただ彼は、もちろん外務大臣をやめなければならなくなった。条約改正の議はこのテロルによって一頓挫してしまうのです。

ここにも国家理性と民族感情、開かれたナショナリズムと閉ざされたナショナリズムとの対立の問題があります。大隈重信はべつに日本の国を売ろうとしたわけではない。彼は一日も早く日本と欧米列強との平等な外交関係を樹立しようとして焦慮していた。外国人裁判官の任用というような非常手段に訴えてでもなんとか平等を実現したいと考えていた。これはもとより苦肉の策です。そしてこの苦肉の策は民族感情の理解と共感を得られなかったのです。大隈改正案が正しかったか、はたして外国人裁判官を任用するという奇策が賢明であったかどうかについては、私自身にも疑問がありますけれども、大隈が彼なりに条約改正問題を真剣に考えていたという点については、疑う余地がない。ところが閉ざされたナショナリズムの代表者来島恒喜にとっては、そういう大隈はただの奸物、売国奴だとしか見えなかったのです。

このころ、勝海舟は、伯爵・枢密顧問官ではありますが、赤坂氷川町の屋敷に万年床を敷いて、毎日ゴロゴロ寝てばかりいる。枢密院には籍があるばかりでぜんぜん出ていかない。氷川の隠居ということになっている。勝という人は元来微禄の御家人の出ですから庶民的な人で、バクチ打ちとか、太鼓持ちとか、料理屋のおかみさんとか、職人とか、あるいは政府の顕官、公爵、伯爵、宮さまなど、だれとでも気さくにつきあう。どっちかというと宮様や華族よりバクチ打ちとか料理屋のおかみというような人のほうが好きなんですね。そういうのがしょっちゅう来ている。そういうのばかりじゃない、旧幕臣もいろいろ相談に来るのですけれども、そこで横丁の隠居みたいなことをいっている。そうして政界の潮流から一歩下ったところで半ば隠遁生活を送っていた勝海舟が、条約改正論議が沸騰しはじめた明治二十二年、徳川十六代目の当主家達に対して、ある日烈々たる手紙を送った。これは『海舟全集』に載っておりますが、非常におもしろい手紙です。徳川方の人間はいまこそはっきりものをいわなければいけない、と勝はいっている。政治情勢が複雑になって、日本は条約改正派と条約改正反対派に分れている。奇妙なことに、さきほども申し上げたとおり、条約改正反対派が攘夷派なのです。条約改正派のほうが開国派です。条約改正派は日本を西欧列強と平等な地位に早く引き上げようとしている。これに対して条約改正反対派は、不平等な現状に激しく心情的に反撥しながら、結果としては不平等な現状を固定しようとしている。この状態のなかで勝は、徳川宗家の当主家達に手紙を送って、心ある徳川の旧臣下は、いろいろ西洋に行って勉強したりしている、徳川の遺臣のなかで国際問題に関する知識、見識を持っている者は少くない。こういう連中が時流に迎合して、自分の個人的感情にまかせて、無責任なことをいってはいけない。なぜならこの不平等条約はそもそも徳川幕府が結んだ条約であって、その責任は今日たりとも少しも消えていない。だからいまこそ徳川家の流れを汲む者が、条約改正に対して進んで建設的な意見を述べなければならない。あなた自身がなにかいうと、これは政治的影響力が強すぎるから慎重にしなければいけないけれども、旧幕臣は軽挙妄動しないで、建設的に改正論を堂々と唱えるべきである。あっちこっちで具体的な政治プロセスに首をつっこんで、足の引っ張り合いをやるようなみにくいことをしたら、徳川の遺臣の名がすたるという、烈々たる手紙を家達に送っているのであります。

私はこの手紙を発見したとき、それまで勝海舟の維新以後の行動に対して抱いていた疑問が、一度にとけたような気がいたしました。彼は開国政策に踏み切った幕府の枢機に参画したひとりとして、その責任を継承国家である明治政府の世の中になってからもあくまでもとり切ろうとしたのです。明治二十二年、大隈外務大臣が狙撃されるというような、最も危険な時期に、徳川氏の旧臣下は、かつて政権を担当していた者の国家に対する義務として、条約改正に建設的な提言をおこなわなければいけない。このことを勝は、自分の徳川の遺臣たちに対する隠然たる影響力を駆使して説こうとした。これが現実にどう作用したかについては、私はまだよく調べていませんが、彼がそういう手紙を徳川家達に送っていることは厳然たる事実なのであります。

ところで、実際に条約改正が実現したのは日清戦争の直前、朝鮮半島において日清両国がいつ開戦するかわからないという、一触即発の危機のさなかでした。これはときの外務大臣陸奥宗光の偉大な功績であります。陸奥は「カミソリ陸奥」といわれた傑物で、従来の改正案がいわゆる「半面的対等条約案」であったのに対して、思い切って「全面的対等条約案」をつくりあげ、明治二十六年七月に、まず英国政府にこの案を提示して会商を開かせることに成功しました。これに対して、当時の世論がまたまた轟々の非難を浴びせたことはいうまでもありません。陸奥はその回想録『蹇蹇録《けんけんろく》』のなかで、次のようにいっています。

《……然るに此頃我国内に於て種々の原因より一派の攘夷的保守論大に流行し、平素苟《いやしく》も政府に反対するを以て本色とする政党者流は俄然之に附和雷同し、百方声援を為し、就中《なかんずく》非内地雑居或は現行条約励行と云ふ迂論が一時議会の多数を制せんとするの勢力を顕し、且つ斯《かか》る場合に常に随伴する幾多の瑣事末節《さじまっせつ》まで一として倫敦《ロンドン》に於ける条約改正の事業に障害を与へざるものなく、両国の全権委員が数月の間鞠躬《きっきゅう》尽瘁の苦労も殆ど画餅《がべい》に属さんとしたるは啻《ただ》に一再のみならず。幸に我政府は維新以来の宿望を成就する為めには如何なる艱難《かんなん》も避けずとの初志を変ぜず、鋭意に世に所謂多数の輿論なるものと抗戦し、其結果は之《これ》が為めに議会は一回解散せられ、其々の政社は禁止せられ、幾多の新聞紙は其発行を停止せられたり。……》

この「攘夷的保守論」は典型的な閉ざされたナショナリズムの表現です。そして民族感情を反映した「世に所謂多数の輿論」が激しくなると、政府当局者がそれに対抗してさまざまな圧迫措置をとるように追いつめられ、その結果政府と民衆のあいだのみぞが深まるという不幸な循環がおこるのも、私どものしばしば体験しているところです。

この日英条約改正が、明日調印されるという明治二十七年七月十三日になって、陸奥は薄氷を踏む思いを味ったと告白しています。つまり朝鮮駐在の公使大鳥圭介が、朝鮮政府が雇っていた英国人の海軍教師の解雇を要求したのがけしからんといって、英国政府は調印を延期するといって来たのです。陸奥は強引にその事実なしと返電しましたが、もうこれですべてはだめだと絶望し切っているところに、十七日の暁け方、ロンドンの青木公使から十六日付で調印がおこなわれたという電報がはいった。陸奥は夢かとよろこんで、すぐ宮中に報告に行ったといっています。国内輿論だけではない、在外の軍隊や出先機関が感情にまかせて暴走するのがいかに危険かということも、この例からあきらかだろうと思います。のちに満州事変以来、出先の軍部にふりまわされた外交が、どんなにひどい結果を生んだかは、まだ記憶にあたらしいところであります。この場合には、国家理性そのものが、政府と軍部、特に陸軍とのあいだに分裂していた。どんな混乱があっても国家理性が強力に統一されていた明治と、そうでなくなってしまった昭和との差は、看過せないと思います。

Ⅳ

日清戦争以後、中国は日本の力を認識するようになりました。当時はまだ清朝の中国ですが、清朝の国内体制が遅れているために日本に負けたのだ、今度は自分たちが日本の力を借りて、清国の国内を整備しなければならないという革新論が、戦後頭をもたげるようになりました。現に小説家の二葉亭四迷などは、当時近代的な警察官を養成する学校が北京にできたので、その学校の教頭に招かれて赴任したりする。そういうふうに日本人が中国へどんどん行くようになる。この日清戦争について覚えておかなければならないことは、日清戦争には敗れたものの、当時中国には反日感情が、ほとんどなかったということです。なぜなら、負けた相手は清朝であって、清朝は満州民族がつくった征服王朝であり、漢民族の王朝ではない。ですからこの満州民族の王朝をうち負かしてくれた日本は、漢民族にとってはむしろ救い主であるというように受け取られた面がある。これは第一次大戦中に第二次大隈内閣がおこなった対支二十一ヵ条要求以後、今日にいたるまでの中国の反日感情の激しさとは比べものにならない。

当時清国に康有為という少壮政治家がおりました。この康有為という人は非常な日本びいきで、日本にやってきて、赤坂氷川町の勝海舟の屋敷へ来まして、日本にもっと積極的に中国に介入してほしいといった。介入して中国を近代化してほしい。なぜなら日本人は東洋人であり、日本・朝鮮・清国というような東洋の国々が同盟して、西欧列強の勢力に対峙しなければいけないというのは勝先生年来の持論ではないか。これからは日本の力をどんどん清国に傾注してくれないかということを懸命に説いた。このときの勝の答えがまたじつに水際立ったものなのです。こういうことは全く開かれたナショナリストでなければいえない。彼は康有為に対して、言下にだめだといったのです。日本をたのむなんてとんでもない筋違いだといった。そうすると、康有為が失望して、怒って帰ってしまったので、それに追いかけて持たせてやった「康有為に与ふるの書」という手紙が残っておりますけれど、これを読みますと、日本人というのはすぐカッとなって、たいへん勇猛な力をふるう、そういう国民である。しかも中国とは違って島国である。また中国とは違って王朝の交代ということを知らない。万世一系の天皇のもとにある国民である。いろいろな点で国のサイズも国柄も違う。この万世一系というのはべつにいばっているわけではないので、日本人には中国を効果的に近代化する経験も力もないといっているのです。

しかも他人の力を頼んでする改革はかならず失敗するといっている。これは非常に注目すべき意見だと思う。なぜなら、ナショナリズムというとき、われわれは日本の力について自信を持てということをよくいわれます。自信を持つことが不必要だとはいいません。なにしろ二十数年前にわれわれは悲惨な敗北をこうむって、個人的にもあまたの不幸を体験した。われわれの虚脱は深く、物質的にはここまで復興して来ましたけれども、まだどこかに卑屈な敗戦・被占領心理がのこっているからです。しかしナショナリズムというものが、単純な、直線的な自己肯定になってしまうと、国をあやまります。それはつまり、攘夷といわないにしても一種の夜郎自大の風でありまして、閉ざされたナショナリズムにおち入ってしまう。ところが勝海舟のように、国をいかにして安全に維持し、着実に発展させていくかということを考えている人の眼には、日本の実力の限界が常にはっきりと見えている。康有為から、ある意味では当時の日本人にとって非常に魅力的なさそいがきた。事実日本は、もう中国からさそいがこなくなったころになってこっちから押しかけていって満州事変を起し、日華事変を起し、今日に至るまでの中国問題のこじれの原因をつくってしまった。そういう拙劣な外交をやってしまったのです。しかし勝海舟は、日本が中国大陸に深くコミットするということは非常に危険なことだ、日本人にはそれだけの器量がないといい切っている。日本人はいってみれば小藩の藩士のようなものだ。三万五千石ぐらいの藩の藩士というのは、頭がいいというのですね。なぜなら、小藩なるが故に情報が早く浸透するから。ところが七十二万石の島津とか、あるいは三十六万石の毛利とかいうような大きな藩だと、なかなかそうはいかない。そういうところだから西郷というような茫洋とした大人物が出てくる。いわば日本は三万五千石で、中国は七十二万石だ。大きな藩の人間というのは大体総身に知恵がまわりかねるのが通り相場である。しかしひとたび力のある人間が出たらたいへんなことになる。まあ毛沢東とか、ああいうような人のことをいうのでしょうね。ああいうのが出たらたいへんなことになる。うっかりものほしげに手を出すものじゃないといっているのです。この勝の先見の明を、後世の政治家たちが、大正から昭和にかけての状況の中にもっとうまく生かしてくれたら、私は今日の日本はずいぶん変っていたのじゃないかという気もいたします。歴史を検討してみますと、いつでも、あのときもしこうしていればという想念が、われわれの頭に湧いてくる。しかし歴史は絶対に繰り返してはくれない。歴史は不可逆的に、もとに戻すことができないように進行する。したがって歴史の上では実験することができない。だから選択を行うときには、綿密な計算を行って、胆はあくまでも太くなければいけないけれども、行動は細心の注意をもって行わなければならない。この細心の注意をもって行うことの大切さを、明治になってからの、公生活から半ば身をかくしてしまってからの勝のものの考え方や行動はよく現していると思います。

　もう一つ最後に一言つけ加えておきたいことは、この開国的ナショナリズム、勝海舟が代表しているような開国的ナショナリズムの背景には、経済情勢に対する洞察があるということです。外国と交渉するということは、これは必ず貿易が起る、通商が起るということですから、経済状態がよくならなければならない。経済状態をよくしておくということが、日本の国の安全を保持する大切な要件である。大切どころじゃない、根本的な要件であるということを、勝海舟はくりかえしていっております。ですから勝海舟の歴史的人物に対する評価はなかなかおもしろい。たとえば足利三代将軍義満という人がおりますが、これは明の皇帝から大日本国国王に封ずという封札を受けたというので、売国奴であるといって、大変歴史上評判の悪い人です。戦争中足利義満のごときはほんとうに大悪党だとされていた。ところが勝海舟はこの足利義満を、口をきわめてほめています。なぜほめるかというと、義満がつまらぬ体裁にこだわらずに、明の国から金《きん》を多量に輸入したからだという。いま金《きん》が足りないので、日本はＩＭＦの増資のために拠出する金《きん》をアメリカから一億ドル買っていますけれども、義満は金《きん》を多量に輸入して日本の貨幣制度の基礎をつくった。慶長小判なんてものも、大体足利の時代に大量に輸入された金《きん》がなければできなかったんだということを、勝はいろいろ実例をあげていっております。それから彼は、承久の変を起した北条義時という人を大変ほめている。これは御所の上皇方を島流しにしたというので、たいへん評判の悪い人です。ところがこの義時も、仏教に帰依したのは、やはり宋との貿易が大事だったからで、この貿易によって国を富ませた。元寇のときに、相模太郎時宗は非常に胆が太かったというので、歌にまでなっていますが、あのとき、いかに迅速に日本の国内の武士の動員が行われたかということは、おどろくべきものであると勝はいっている。それから当時の北条執権、鎌倉幕府が、戦時公債を少しも発行しないで戦費をまかなえたのも素晴しいといっている。武士の装備が非常にすぐれていたということについても、彼は具体例をあげてのべています。それは結局、北条氏が、日本の国内の経済体制を常に健全に保っていたからで、元の侵略があったときもあわてなくてよかったのだ、といっている。彼は神風で勝ったなどということは一言もいっていないのです。なぜ勝海舟が第二次大戦まで生きていてくれなかったか。そうすれば神風が吹くなどというばかなことはいわずに、もっと賢明に収拾してくれたのではないかと私は思うのです。

開国的なナショナリズム、窓を世界に開きながらあやまりなく自己実現をして行くということは、われわれがよほど多角的にものを見る修練を積み、またよほどの責任をとる覚悟で国際情勢や国内の状態を把握しないと、身につくものではない。外側からの圧力が、いつでもこの日本という国を取り囲んでいる。日本という国は今でもやはり幕末、鳥羽・

伏見の戦い直後の長崎のような状態におかれている。そのことをわれわれはつねに自覚している必要があると思います。同時に、日本の国の安全を保つためには、なんとかして経済状態を健全にしておかなければいけない。国民が富み、健全な、安定した日常生活を送れるような状態を維持しなければならない。ですから防衛の努力も必要でありましょうけれども、国民経済のバランスを破壊するようになることを、やはり私はこの際、厳に戒めたいと思います。私どもがやらなければならないことに、景気のいいことはなにもない。たいへん地味なことばかりである。しかしその地味なことを着実に実行していくために、どれほど強い信念と知力、どれほど大きな胆力が必要であるかということを、勝海舟という非凡な人間の一生は体現しているのではないかと思います。

女と文章

講演日　一九六八年六月一一日
主　催　婦人公論
会　場　札幌市公会堂

I

　昨年の正月号以来、ちょうど今月で一年七ヵ月になりますけれども、私は「婦人公論」の「文章」という欄の選者をやっております。これは詩や、俳句や、短歌などと並んでもうけられている欄で、編集部の人に聞きますと、大体月に千何百通ぐらいの投稿があるそうです。多いときには二千通ぐらいきて、それをまず予選をする人が、ときには連日のように徹夜をして予選をする。その中から選ばれたものが私のところへ届けられます。私はそれを拝見して、毎月入選作と佳作というのを決めることになっております。

「文章」というものは、ただの生活記録とはまた多少違うところがありまして、べつにここで選考基準のたね明かしをするわけではないのですが、たとえば、これはみなさんご自身も経験のおありになることだと思うけれども、私は非常に悲しいという文章を書くとします。だれか友達に裏切られて非常に悲しい、私は泣いている、というようなことを文章にしようと思う。そうすると、自分の気持を正確に伝えようとするうちに、いつの間にか悲しいということより文章を書くことに一所懸命になってしまう。悲しかったからこそ、衝動的に文章を書きはじめた。それがいつの間にか、文章を書くことのほうに一所懸命になってしまって、悲しさそのもののほうを忘れてしまう、そういう転移と申しますか、次元の転換があるのです。ですから文章は、ただ自分の思ったことをそのままに書けばいいといわれますけれども、ただそのままに書くということがそもそもむずかしいので、そこにはやはり表現という意識が必要になってくる。この意識のなかに芸がひそむ余地があるわけです。ただだらだらと涙が流れた。その涙をそのままインクつぼに入れて書いたというような文章は、非常によくない文章でしょう。やはり文章というものは、すべての芸がそうであるように、姿とか形とかいうものがはっきりしていなければならない。そうかといってこれは粘土細工とは違います。やはり言葉であり、その言葉というものは、私どもが毎日こうしてつかって暮している言葉、お互いに話を通じさせたり、自分に話しかけたりしている言葉ですから、その人自身の呼吸が感じられるような言葉で書かれていなければ、やはりおもしろみがない。その人の肉声が行間から聞えてくるような文章で、しかも自分の感じたことをそのまま表現できている文章、そういう文章に出あいますと、私はたいへんうれしい感じがいたします。

毎月そういうわけでかなりの数にのぼる作品を読んでおりますと、いろいろな作者がおられる。五十代、六十代というかなりな年配の婦人もおられる。非常に若い方もあります。私がいままでに入選にしたうちで一番若い作者は、十七歳ぐらいの、たしか高校生だと思われるお嬢さんでした。こうして、読者の文章を毎月々々十編ないし十二編ほど読んでおりますと、そこに共通した特徴が一つあることに気がつきます。ある切実な動機がなければ、文章を書きたくなるわけがない。もちろん、学校時代から作文が好きだったからという人もいるでしょうけれども、それにしてもなにかの動機がなければならない。そこでどういう動機から生れて来たのだろうかと思って、毎月文章を読んでまいりますと、おおむね一般にいえることは、自分になにかが欠けている、あるいは自分からなにかが失われようとしている、あるべきものがないというような、そういう気持が共通して存在する、ということです。

たとえば交通事故にあって子供さんがなくなった。子供はほんのふとしたことから、自動車にはねられてそのまま死んでしまった。子はカスガイなどという言葉がありますが、いままで充実していた家庭のなかに空白ができてしまったのです。ただ家族の一人が欠けたというだけではなくて、この空白が生まれたために夫婦の間柄もがらっと変ってしまう。母親のほうは母親で、子供を失った悲しみをなんとかこらえようとしている。父親は父親で、子供を溺愛していたために、死んだのちはもう生きる意味がなくなってしまったように考える。そうすると夫婦の気持はバラバラになってしまい、夫のほうは飲めない酒を飲みだす。そのうちに遊びだして、ほかの女のところへ泊ってくるようにまでなった。妻は犬を飼いはじめ、その犬を子供のかわりにしている。ある晩、夫はどこへ行ったのか帰って来ず、妻は犬を外へ出してやる。犬はちょうど発情期なので、そこらへんで牝犬とたわむれて来たらしく、昂奮して帰ってくる。その犬の顔を見て、妻は非常な嫌悪にとらわれるというような印象的な文章が、何ヵ月前かにありました。これなどは典型的な例であります。

子供がなくなってしまったということは、これは単に子供というものがなくなったというだけのことではない。子供に託されていたさまざまな思い、時間と経験と期待の堆積、それがなくなってしまったということです。これは事実かフィクションかわかりませんけれども、作者がある欠落を強く意識して、それではいったい自分からなにがなくなったのだろうというようなことを見定めようと思って、文章を書きはじめたことは明らかです。欠け落ちたものを強く自覚するからこそ、文章を書こうという気持がおのずから生れてくる。そしてその気持を正確に表そうとするうちに、さっき申し上げたように、文章の姿を整え、形を整えて、自分の悲しみにはっきりした輪郭を与えるという、そういう作業がはじまりだすのだろうと思うのです。

そのためか肉親の思い出とか、それからなにか自分の悲しかったこと、屈辱感、そういうモチーフで書かれた文章に、大体切実ないいものが多いように思います。

おもしろいことには、これは作家の場合でもそうですが、男の文章の中では女性の姿はわりあいに生き生きととらえられることが多い。ところがどういうものですか、女の文章に描かれた男性の姿というものは、どうも男が読みますと、中途半端でリアリティに乏しい例が多いのです。ただ一つの例外は、女性が男性についてなにか激しい憎しみを抱いている場合です。たとえば鼻についてきた亭主を描いている場合。あるいはいやいやながらお見合いをさせられた相手の男を描いている場合。たいへん鈍感な男で、鼻からは鼻毛がのびてたりして、ちっともやさしくもしてくれないし、紳士的でもないというような、そういうようなことを描写している文章。総じて嫌悪感の対象として男が描かれている場合には、男は不思議に生きているのです。私は読んでいるうちに恐しくなってきて、女というものが、男を客観的にひとつの個体として問題にするのは、嫌悪しているときだけじゃないんだろうかと、思ったりすることがあります。

それというのもつまり女性は光源氏のような男性をいつもどこかで求めていて、愛したり好意を持ったりしているときには男の上にこの幻影を見ているけれども、いったん幻滅すると実際の男の醜さに目覚め、幻滅の度合いだけきびしくその醜悪さを描こうとするからかもしれません。

そう考えてまいりますと、なにか人間の表現衝動の根本には、なにか大事なものが欠けているという自覚がひそんでいるのではないかというセオリー——仮説が立てられるのではないかと思います。この仮説は、たとえば「婦人公論」の「文章」欄の読者の投稿のように、おおむね素朴な技巧をあまりこらしていないものから、非常に複雑な、高度の文学作品にいたるまで、人間の表現衝動に、ある程度一貫して適用できるのではないかと考えられます。

さっき私は寺山修司さんのお話を、舞台のそでで伺っていたのですけれども、寺山さんが子供のころお父さんのない家庭に育たれたので、浪花節というものに非常な郷愁を抱いたという話をされたのを、興味深く伺いました。父親がいればたぶん風呂場で「森の石松」かなにかをうなっているだろう。もしその実際には聞えなかった浪花節のダミ声が聞えてきたら、どんなにいいだろうという気持が、寺山さんの心の奥底にひそんでいる。それは寺山さんに欠けているものであり、ほんとうはあるべきであるのになかったものです。そういうものに対する憧れといいますか、渇望が表現の衝動を育てた。寺山さんは感受性の強い、才能の豊かな人でしたから、詩人になるという形で、この過程を完成したのではないかと思います。

女流作家の場合を考えても、こういうケースは非常に多いように思います。私は世界中の女流作家を一人々々全部調べたわけではありませんから、すべてとは申しませんけれども、これは洋の東西を問わずにいえるようです。私がたいへん好きなイギリスの女流作家にキャサリン・マンスフィールドという人がいます。この人は結局イギリスの女流作家ということになっているのですが、生れたのはニュージーランドであります。これは南半球のオーストラリアのまた東南にある小さな島国で、当時は英国の自治領《ドミニオン》でした。この人の娘時代のことを考えると、べつになんの不自由もない。このマンスフィールドというのはペンネームで、ほんとの名前はビーチャムというんですけれども、お父さんのサー・ハロルド・ビーチャムという人は、たいへんなやり手でありまして、一代で産を成してニュージーランド国立銀行の頭取にまでなった人です。マンスフィールドは娘時代、当時のイギリスの自治領《ドミニオン》の上層中流家庭の娘として、恵まれすぎたくらいの生活をしている。お母さんもお父さんも実際の両親であって、複雑な家庭の事情はなにもない。どっちかといえばお母さんが多少家の中では強くて、社会的にはやり手のお父さんが多少家では遠慮しているようなところがあったらしいけれども、まあまあそんな家はいくらでもあるので、とくにマンスフィールドの家が複雑な家庭の事情にあったということはなにもないのです。それならマンスフィールドにおいて欠けていると感じられたものはいったいなんだったのだろうかと考えますと、それはやはり文化というものだったろうと思います。文化というものは、これはなかなかむずかしいもので、植民地ではなかなか育ちにくい。ニュージーランドというところは風光明媚な国です。日本のような火山国ですから、山があり、谷があり、氷河があり、じつに美しいところですが、妙に空虚な感じがする。私も一度一昨年の春に行ったことがございますけれど、これは美しいといっても、人間がつくり上げた美しさではない。自然が地殻の変動を起して、地震を起したり、火山を爆発させたりして、つくりあげた風景です。美しいのだけれども、そこには人間の記憶というものがなにもないのです。人間の記憶がないということは、とりもなおさず文化がないということです。そういうニュージーランドのようなところにいて、感受性に恵まれた一人の少女が、自分の生活環境に本来なければならないけれども、欠け落ちているものに直観的に気がついたとする。彼らはイギリス人の子孫ですから、当然イギリス流の生活様式を持ってニュージーランドに来たのですが、その日常生活は開拓をする、商売をするという、非常に素朴な、実質的なものにすぎない。ちょうどいまから百年前の北海道みたいなものです。そういうわけですから、ニュージーランド生れのキャサリン・マンスフィールドは、自分の周囲にほんとうはもっとなにか別のものが、つまり文化的な渇望をみたすものがあっていいのだけれども、それがじゅうぶんに与えられていないという欠乏の意識にとらわれるようになります。こういう娘が文化を求めようとするなら、イギリスの本国に行けばいい。ちょうど日本で地方出身の人が東京に勉強をしに行くように、英本国に行く。ビーチャム家はさいわい裕福だったものですから、マンスフィールドはロンドンのクイーンズ・カレッジという金持ちの娘さんの行く寄宿女学校《ボーディングスクール》に入れられた。そこで文化を一所懸命吸収しようとする。もともと欠け落ちている意識が強い人ほど、吸収欲は大きいものです。自分はこれが足りないということをはっきり自覚している人は、足りないところを埋めたいという気持が強くなる。マンスフィールドのように、はるばる地球のはるか南の涯《はて》のニュージーランドから、文化というものを求めてやってきたというふうになりますと、これはもう単に勉強するというだけではなくて、そこらへんのありとあらゆる美や芸術を吸収したくなる。当時イギリスではやりはじめていたのはなにかというと、オスカー・ワイルドという人の芸術です。

オスカー・ワイルドの芸術は世紀末芸術といわれて、非常に頽廃的な、唯美的なものです。人間の道徳性なんてものはあまり認めない。そしてただ美に耽溺し、官能の快楽にふけろうという、そういうような芸術。『サロメ』という、ストリップの元祖みたいな戯曲がありますけれども、『サロメ』という芝居はこのワイルドが、しかもフランス語で書いたものです。このワイルドの芸術は、日本では谷崎潤一郎の初期の文学にかなりの影響を与えています。谷崎の『刺青』とか『悪魔』とかいうような小説には、そういうワイルド的なものの考え方、美とか悪とかいうものに刺激を求めるという考え方が強く投影しておりますが、ちょうどこの谷崎に影響を与えたワイルドが、若い娘時代のマンスフィールドにも非常な影響をあたえまして、彼女はすっかり絵に描いたような文学少女、芸術少女になってしまった。あげくのはてにチャチな劇団の女優になって、あちこち旅興行をして回るというような生活にとびこんでしまう。そのうちに父親のわからない子供を産んだりもする。非常に奔放というか、頽廃的というか、ちょっとマダム・コレットを思わせる思い切った生活をマンスフィールドはしばらくつづける。ところが、こういうでたらめがたたって、彼女はそのうちに結核になってしまいます。もう旅役者の生活が続けられなくなる。こうして健康を害したのを契機にして小説を書きだすのですけれども、この人の三十何年かの短い一生――結局第一次大戦直後に、結核で、パリの郊外のフォンテーヌブロウというところの療養所で死んでしまうのですが――このマンスフィールドという人の短い生涯を振り返ってみますと、積極的に文化を獲得しようと思っていた間は、皮肉なことにいい小説が生れていない。みんな習作的なものばかりで、マンスフィールドでなければ書けないという文章は生れていません。みんなどこかにお手本がある。たとえば初期の短編を読むと、チェーホフの短編の焼き直しのような感じがする。女の人の書いた文章ですから、もちろん女らしい味わいは出ているのだけれども、どこかオリジナリティが欠けているのですね。だいたいマンスフィールドという人は、とくにフランスで評判になりまして、世界の短篇小説の名人として、いまだに広く愛読されている作家なのですが、この人の名作が生れはじめたのは、そうして文化を獲得しようと思ってもがいていた時代ではなくて、すべてそういうことを諦めてしまったあとからなのです。

彼女は、最初は自分の周囲に文化がないことに反撥し、それを貪欲に吸収しようと思って奔放な生活を送った。そのあげく心身ともに傷つき、健康をもそこなった。彼女は一度正式に結婚しまして、そののちは、結婚とも同棲ともつかないような関係を何度かくり返しています。最後に結婚した相手は、ジョン・ミドルトン・マリーという、ロシア文学の研究で有名な文芸批評家です。この人は彼女よりずっと年下で、マンスフィールドという人は、その経歴からもうかがわれるようになかなか気性の激しい女性ですから、悪妻の典型だったらしく、体もあいかわらず弱かったのですけれども、さいわいなことに、ミドルトン・マリーはマンスフィールドをほとんど崇拝していた。自分の妻として愛すると同時に崇拝していたのです。まあなんというか、ちょっと人目に立つ、特殊な夫婦だったようです。だけれどもこれは傍目にはキザったらしくも見えたらしくて、オルダス・ハックスリーという小説家は、『対位法《ポイント・カウンター・ポイント》』という小説の中で、このマンスフィールドとミドルトン・マリーの夫婦のことを、辛辣に嘲笑しています。

ちょうどこのころに第一次大戦が起りまして、マンスフィールドが可愛がっていた弟が、オーストラリア・ニュージーランド連合軍（アンザックといったのですが）の兵士として欧州まで遠征してきて、フランス戦線で戦死しました。この弟の死というものが、もう健康がすっかり悪化していたマンスフィールドに一つの転機をもたらしました。それ以後彼女は自分の病をいたわりながら、最後の二冊の短篇集に収録されている名作を書きだします。この最後の作品群の舞台になっているのはなにかといいますと、皮肉なことに、彼女があれほど嫌悪して、うしろに捨て去ってきたはずの故郷ニュージーランドなのです。それはもう、奔放な青春の果てにフランスやイギリスで文士生活をしているマンスフィールドには、すでに決定的に失われてしまった故郷です。もう彼女の健康は帰郷を許さない。民間航空も発達していないころですから、船でわざわざ南半球まで航海することはできない。女ワイルドになろうとした野心も失われ、若さも美しさも失われてしまった。そういう彼女に、なにが残されているか。まさに失われたという事実、失われたものの記憶だけが残されている。

彼女の幼年時代、少女時代、そういう時代の思い出が残されている。そしてその少女時代、幼年時代の濃密な時間は、あれほど嫌悪して捨ててきた故郷の自然のなかで過された時間なのです。この時間を彼女は残された短い余生のあいだに、表現に定着しはじめる。当時、一九二〇年代といいますと、いまの一九六〇年代と多少似たところがあって、ヨーロッパ世界が第一次大戦後のあおりをくらって、非常な勢いで変化した時代。価値観が転倒し、世の中が混乱して、いろいろな新思想が盛んになる。社会改革の思想、革命思想、それに対する反動というものがいたるところで荒れ狂っている時代です。しかしこういう時代のさなかに、彼女は現代的テーマからあえて一歩しりぞいて、自分から失われてしまったものを思い出すことによって、小さいけれどもまさに文字どおり珠玉の名作を書くことができた。これは最初申し上げたように、欠け落ちたものの自覚です。それが自分の内面にはっきり根ざし、切実であればあるほど表現というものが生々しくなり、人を打ち、時代を越えるものになりうるということの典型的な例のように思うのです。なにかを獲得しょう獲得しようとあがいている間は獲得できない。もしそういうことはやめてしまって、自分に残されたものだけで、やりはじめると転機が生れる。現実には失われた、という形でしか残されてないものに頼ったときに、すぐれた作品ができた。これは不思議な作用ですけれど、表現というものの背後には、なにかこういう逆説的な作用があるように思われるのであります。

これは日本の作家についてもいえることであります。たとえば現在のすぐれた女流作家である円地文子さんの小説のことを考えてみましょう。円地さんはちょうどマンスフィールドと同じように、恵まれた環境で育たれた方です。円地さんのお父さんは日本の近代国語学の元祖である上田万年先生であります。そしてそういう文化的環境にめぐまれた人にふさわしく、まだ娘時代から戯曲家として世に立っておられます。だけれども、そういってては失礼ですが、十代の終りから二十代のはじめにかけて、築地小劇場で処女作の『晩春騒夜』という戯曲を上演したころの天才少女円地さんの作品は、今日読んでみるとそれほど印象の深いものではない。なかなかよく書けてはいますし、形も姿も整っていて、まあこれといって欠点はないけれども、どこかおもしろ味が足りない。つまり円地さん特有の息づかいが聞えないのです。ところが不思議なことに、昭和二十三、四年ごろを転機として、円地さんの文学というものはがらっと変ってしまった。なにかいままで桶にタガがはまっていたのが、ぱらっとはずれたような自由さ、自在さがあらわれてきた。これには秘密があるのです。この秘密は作者自身が何度もいろいろなところに書いておられますから、私がここでくり返してもさしつかえないかと思いますが、当時円地さんは大病をなさいまして、その大病の結果女性を喪失するような大手術を受けられた。そういうつらい体験が円地さんの表現衝動に逆に作用している。もちろん円地さんは女性的な魅力にめぐまれた方でありますけれども、作家自身の内面の問題として見ると、重病にかかって、女性としてのある条件を喪失されるということは、大変深刻な問題、どんな女性にとっても深刻であるに違いない問題であります。そのとき、そういうつらい体験を経て、円地さんはその欠落感を逆にスプリング・ボードとして、作家として飛躍的に成長されたわけです。自分から確実に女というものは失われた。しかしそれなら、その失われた女というものを深く追求しようという、そういう意気込みとエネルギーが、この自覚から逆にわき上ってきた。つまりなにかがまったく空洞になってしまったがために、そこに形ではないもの、ものではないもの、しかし豊かななにものかが満ち満ちてきた。それはなにかというと、言葉であります。言葉というのはそういうものなのです。言葉はあたかも形のあるものであるかのように私どもは考えます。しかしこの言葉というものは、実はなんだかわからないものなのです。物理的にありていにいえば空気の振動にすぎないものです。言葉は文字に書きますけれども、文字はちょうど音楽を表す音符と同じであって、言葉の一つのあらわれにすぎない。言葉というものはなにかということは、これは哲学的には非常にむずかしい問題なのです。空気の振動だといっても、それだけではないし、なんだかよくわからない。それがなければわれわれはこうして暮してもいけないし、ものを考えることもできないのだけれども、しかし実体があるかというとないようなもの。そういう不思議な虚体がわれわれの生活、存在というものを支えている。これはまことに大切なものなのです。そういう言葉が円地さんの場合、いま申し上げたような事件といいますか、体験を契機にして、内面に満ち満ちてきた。それはじつに皮肉な、逆説的なことでありますけれども、不思議な作用といわざるをえないと思います。

　しかしこのような欠落感から表現衝動が生れるということは、なにも女性の場合にかぎらない。たとえば夏目漱石の場合もそうであります。私はいま、もう三年越しに漱石の伝記を書いているので、漱石の幼年時代や少年時代のことなどをいろいろ調べ直しているところですけれども、漱石の文学を支えているものはなにかというと、これはやはり家庭というものの保護からほうり出されてしまったという欠落感が強いのではないかと考えられます。まったく、漱石ほど家庭的にめぐまれない育ちかたをした作家もめずらしい。といっても、貧乏をしたというのではなく、いちおうの中流家庭に育ってはいるのですが、赤ん坊のときから里子にやられたり、養子にやられたり、その養父母が離婚したために七つのときに生家に戻されたけれども、籍だけは高等学校に行くまで養家にのこされていたというような、まことに倖せの薄い少年時代を送った人です。父の庇護も、母の愛情も欠けている子供。なにもいわなくてもわかってもらえるという体験の欠けた子供——こういう状態におかれた子供というものは、ふつうの子供にはしぜんに約束されているものがすべて奪われているわけです。家庭のあたたかい環境、それから父親、母親に保護されているという感じ、そしてその中でいろいろなことをしぜんに教わっていくという、そういう安心感。まだ学校教育のはじまる前の人間にとっていちばん大事な教育の段階は、じつは満六歳までです。この六歳まで、学齢に達するまでの間の家庭環境というものが、私どもの一生に非常に大きな影響を及ぼしている。漱石の場合には、この期間にマイナスに働いたものが、彼の才能や資質に結びつき、しかも時代の要請と結びついて、あれだけのりっぱな文学に結実したのだと思われます。

III

ところで、話は少しかわりますが、一般に女の文章の男の文章とはちがう特徴とはどんなものでしょうか。これはちょっとめんどうな理屈になりますが、心理学的には、女性には、置いていかれることに対する、あるいは置きざりにされることに対する恐怖が非常に強いといいます。これは日常的な例でもいろいろ思いあたることだと思います。つまり、置いていかれるというのは、なにかなくてはならぬものがなくなってしまう状態ですね。ですから女性はただでさえ欠落感を持ちやすい立場にあるということがいえると思います。これは新フロイト派の心理学者にいわせますと、女性の肉体的構造そのものに根ざした感情であるという。そこからなにか自分に足りない、自分ははじめからなにかを奪われてしまっているという感情が強くなるのだそうです。そういう奪われている、欠けているという根源的な感情が心理的に投射されると、置いていかれてしまう、なにかないものを埋めてもらうものがほしいという感情になる。ふつう日常的には、充実感をあたえる対象は恋人であったり、夫であったり、子供であったり、親であったりする。そういう具体的な、目の前に見えるもの。だから男の充実感の感じ方、幸福感の感じ方と、女性の充実感、幸福感の感じ方はおのずから違うわけです。女性のは非常に具体的で、この人さえ私のそばにいてくれれば、私は幸福だわ、と思うことができる。男はかならずしもそうは思わない。それは、決して女性を軽視するというのではないけれども、男は意気に感じてなにかをやったりします。政治であるとか、戦争であるとか、事業であるとか、女性から見るとしばしばばかばかしいようなことに男は夢中になる。夢中になってる男は、世界をこわしたりつくったり、こわしたりつくったり、昔からいままで同じようなことをくりかえしているわけです。女性はそれをほんとにばかだわねと思いながら見ている。それが大体人類の歴史なのでありますけれども、そういうふうに女性はなにか具体的なものがそばにあれば満足する。その中でそうじゃない、置いていかれたという感情が非常に強く、感受性が敏感なためにその感情が強く存在の奥にしみ込んでいる人が、表現衝動にかられて文章を書いたりするのです。

ところが、これがもし女性の肉体的な特徴から出てくる感情だとするならば、その裏側にかくされた特徴としてもう一つ女性には男性にない能力があたえられている。それはなにかというと、女性はまさにそういう肉体の構造を持っているがために、生命を生みこれを育てることができるわけです。ですから欠落感とうらはらに、女性はひとつの強い自己肯定を所有している。つまり、男はなんであんなに金もうけとか、戦争とか、政治とかいうものにかまけて、キリキリ舞いしているのだろう、ほんとにばかだわねと思う。そういう気持があるのはなぜかというと、女性の中に自分を肯定する非常に強い感情があるからです。この強い感情の背後にかくされているのは、女性がみんな母親になれるという自信です。生命を生み出せる。自分の体をとおして生命を生み出し人類の生存を持続させることができる。これはわれわれには逆立ちしても及ばない能力です。われわれはまあ多少動因になることはできるけれども、実際に生命の母胎になることはできない。したがって、この点に関する男の欠落感というものは、これはどうしようもないものであります。男性の渇望や欠落感というものは、これは無限に、どうにも発展していって押えようがない。政治や戦争や事業、あらゆる競争はこの渇望の表現だともいえます。しかし女性の欠落感は非常に強く、具体的に響くものであるけれども、同時に裏側からこれと対照的に、生命を生み出すことができるという、そういう自信に支えられている。女性の文章には、その自信の反映が必ずあるのです。この自信の反映は、われわれ男性から見ますと、ときどき気味が悪くなるようなところさえある。

文章というものは、たとえば踊りのようなものだともいえる。梅幸の踊りはいいとか、いや歌右衛門がいいとかいうように姿とか品格とかいうものが表現に現れるからです。ですから文章表現に現れている女性の自信は、もちろん一種の美であり、言葉という虚体を通過して昇華された女性の自己証明です。しかし、それは美でありますけれど、この美には男性にはどうしてもついて行けない特色がある。それはなにかというと、つまりナルシシズムなのです。ナルシシズムというのは、みなさんが鏡の前で自分の顔をごらんになるときに味われる感情です。お化粧が上手にできたときにニッコリ鏡にむかって笑うときの、あの感情です。あの感情が必ず女性の文章にはこめられている。自分に対して残酷になりきるというところがないのです。そういう自己肯定の感情が、女性にはまことに豊富にそなわっている。

自分の分身を作品の中で描くようなとき、この女性は決して美しくはないが魅力的であると、こんなふうに書いてあることが多い。決して美しくはないがというのはもちろん謙遜で、はなはだ魅力的であるというところが、ちゃんと印象づけられるように書いてある。逆にいえば、女性の文章にはどれほど自己分析を精密におこなっても、根本的には自分に対してお手やわらかなところがある。ある奥さんが、高校時代のボーイフレンドにどこかで出あった。そしてある種の心理的動揺を感じたけれども、夫の顔が浮んで、そのまま うちへ帰った。帰りに肉屋に寄って、豚小間を百五十グラムぐらい買ったとかいうような文章があったとします。こういう心の動きを書いているとき、男なら必ず自己暴露してしまいますが、女の人は肝心のところをめったに書かない。そこをじつにすらすらっと優雅に通り抜けて行きます。本能的にかっこうよく見せたいという気持があらわれる。これをナルシシズムというのです。そのナルシシズムの特徴というのが、女性の文章には非常に顕著に見うけられるのであります。自己肯定、美化されたる自己肯定。

もっとも男にだってずいぶんナルシシストはいます。たとえば三島由紀夫さんなどはずいぶんナルシシズムの強い人です。三島さんはボディビルをやったり、剣道をやったりして、胸毛を誇示している。あれは一見男性的に見えるけれども、よく考えてみると、ああいうのは子供っぽいか、女性的か、どちらかの感情です。ふつう男性というものはああいうあからさまな男性の誇示をやらないでもすむ。つまり男性であることがあたりまえだと思っている男は、ことさら自分におれは男だといってきかせる必要がない。鏡はヒゲをそるときにつかえばそれでいいのであります。こう考えると小説家というものは、なんというか、かなり女性的なものであります。逆に女流作家のなかにも、なにほどか男性的な資質がなければならないということもいえるでしょう。やはり小説というのは女々しいものなのでありまして、雄々しいものはやはり会社の乗っ取りとか、政治とかのほうでありますす。戦争などというものは、これは野蛮なものですが、雄々しいといえばたしかに雄々しいものです。とにかく文士などというものは、どうもいちばん女々しいもののようでありますます。

この女々しいということに関連して、ちょっとつけ加えておきたいことがあります。これは谷崎さんが『文章読本』という本の中でいわれたことですが、日本語の文章には二つの流れがあるといわれる。一つはなんであるかというと、これは漢文の流れを汲む文章です。漢文の流れを汲む文章は、文章の中でいえば雄々しい文章、男性的な文章でありますす。近代の作家でいえば、たとえば森鷗外の文章、これは漢文体が骨格になっている文章です。漱石などもどちらかといえば漢文体を基本とした歯切れのいい文章を書いていまス。センテンスの短い、輪郭のはっきりした文章。もう一つは和文体の、女らしい文章。これはかなり多い。流麗な、くねくねとした文章です。そういう二つの文章の流れがあるということを、谷崎さんはいっておられます。この流れをずっとたどっていきますと、大体平安朝の中ごろ、十一世紀のはじめごろまでたどることができます。つまり『源氏物語』の書かれた時代です。この『源氏物語』の成立についてはいろいろな研究があって、とくに「宇治十帖」のごときは複数の作者が書いたのではないかという学説もありますけれども、大体紫式部という女性が書いたということになっていて、これはほぼ疑う余地がないということになっています。この紫式部の『源氏物語』という作品は、これは世界ではじめて書かれた小説です。現在、アーサー・ウエイリーという人の英語訳で世界中に読まれておりますけれども、これはどこへ持っていっても、すぐれた文学として認められている。これがつまりしなしなとしどけない女文《おんなぶみ》で書かれた文章の源流なのです。このことにはたいへん大きな意味があると思います。

それはどういうことかといいますと、当時の男性インテリの文章は、ことごとく漢文だったといってもいいからです。これはちょうど私どもにとっての英語のようなもので、当時の平安朝男性貴族が漢文を読み、かつ書けたからといって、それじゃ話せたかというと、大体話せやしない。だけれども、我流にいろいろ漢文の散文や詩を書いたりする。日本語で文章を書くなどということは非常にいやしい、非文化的なことだと思われていた。これは、たとえば革命までのロシアの貴族社会によく似ている。トルストイの『戦争と平和』などを読みますと、ロシアの貴族がフランス語でしゃべっている。ロシア人なのだからロシア語で話せばいいのにと思いますけれども、ロシアの貴族は社交的な席に出るとみんなフランス語でしゃべる。むずかしい論理的な話になると、いつの間にかロシア語がフランス語になっていたなどと書いてあります。フランスと戦争をしているロシア人が、パーティではお互いにフランス語でしゃべりあっている。おかしな話だと思うのですけれども、それがちょうど平安朝の日本の男性貴族の漢文と似た役割を果しているわけです。

この平安朝の日本の漢文は、これはもちろん外国崇拝のあらわれですし、ちゃんとでき上った外国の論理を移植してそれでやろうという、後進国特有の空虚な文化活動です。そういう時代に紫式部は、日本の固有の言語で、日本人の発明した音表文字であるかなで書きだした。これはいうまでもなく日本文化のおこなった最初の堂々たる自己肯定です。このときはじめてわれわれは国民文学というものの基礎を得た。日本の国民文学の基礎は、ほかならぬ女性によって与えられたのです。これは男としていささかくやしいことですけれども認めざるをえない。その前に『竹取物語』『伊勢物語』というようなかな物語はありますけれども、しかし、『竹取物語』のごときは中国にある程度原型をさかのぼることができる。『伊勢物語』は歌物語で、和歌が主になっているのですからまだ素朴なものですが、『源氏物語』はもっと意識的な創作家の作品です。それをしかも紫式部は当時の中国の雄大な歴史書であるところの司馬遷の『史記』のむこうを張ろうという気がまえで書いた。『史記』はもちろん漢文の書で、当時日本でも読まれていました。政治論でもあって、男の権力欲と権勢欲のからまりあいがつくりあげる歴史を生々しく描いている。これに対して紫式部は、人間のそういう公的な情熱の背後に隠された私的な情熱、人情というものに着目し、人情を表す言葉としてかなを用いて、日本語で世界ではじめての小説を書いた。これはまさしく日本の女性のみごとな自己肯定のあらわれであります。お国自慢というものも一種のナルシシズムにはちがいありませんけれども、それが単なるナルシシズムにとどまらないで、世界で最初に現れた密度の高い、洗練された小説に結実したということを、私どもは誇りにしたいと思います。現在でも日本語の文章には、漢文体と和文体との伝統が、やはりどれほど文章が新しくなり、英語やフランス語の語脈が入ってきたといっても、根強く残っております。

紫式部のこの精神は、のちに本居宣長によって再発見されました。江戸時代の漢学優先の時代に、本居宣長は『源氏物語玉の小櫛』『紫文要領』という二つの論文を書きまして、紫式部の仕事の意義を通じて、日本の国民文化というものの意義を再評価いたしました。

今日私どもは非常に急速な産業化の時代に生きております。産業化がもたらすものは世界共通の、量的に計算できる物質文明です。われわれはともするとわれわれの周囲にあるわれわれ固有の姿というものを見失いがちになる。文章を書くということが、自分から欠け落ちたものを充たしたいという衝動からおこなわれる行為だとすれば、現在私どもの周囲から日本の固有の文化の伝統は少しずつ削り落されて、私どもは居ながらにして外国へ運ばれてしまったような環境で生きています。私どもからは計量することのできない、物質によっては代えがたいなにか大事なものが奪われつつある。親子関係や家族の関係もむずかしくなって、わけがわからなくなりかけています。核家族というものも、でき上ってみるとなかなかむずかしいものだということがみんなにわかりだしてきた。今は、物質的な繁栄の只中で、みんながいろいろなものを奪われつつ生きている時代です。そういう時代だからこそ、これを埋める渇望が生れなければならない。文章を書くということは、自分の姿を確かめるということでもあります。自分はどんな悲しみを抱いているのか。もし悲しみに形があるものなら、その形を見定めたいという気持から、表現の衝動が生れると私は最初に申し上げた。私どもはこういう激しい変化の時代に、紫式部がかつてそうしたような意味で、私どもの文化の意味を再確認する必要があるのではないか。われわれはもう一度自己確認をなすべき段階にきているのではないだろうかと、私は考えております。どうもご清聴ありがとうございました。

英語と私

講演日　一九六九年七月一五日
主　催　大学語学教育研究会
会　場　八王子大学セミナー・ハウス

I

私にとって英語との最初の出会いは、戦争中のことでした。戦争中に中等学校で、英語を正科から削除した。もちろん英語の勉強をしてもいいけれども、必須ではないということにきめたことがあります。あれはたしか昭和十八年ごろのことではないかと思いますけれども、そのことが新聞に報じられたとき、私の父親が、ある日丸善の包み紙にくるまれた大きな包みを持って勤め先から帰ってまいりました。私の父親は銀行員でありまして、三井銀行に勤めておりましたから、多少この八王子のセミナー・ハウスとも関係がないわけではない。父は別に英語をつかって仕事をしていたような人間ではない。どちらかといえば英語はおそらくきらいでありまして、父が英語をしゃべっているのを聞いたことは一度ぐらいしかありません。大学を出ておりますから、もちろんそれ相当には勉強したのでしょうけれども、別に語学が得意というタイプではありませんでした。

この父が持ってきた包みをあけてみると、これが三冊の分厚い本でした。二冊の英和辞書と一冊の和英辞書です。そのとき父は、「英語を勉強しないようになれば、日本は滅びるにきまっている。大体明治からこのかた日本は外国の学問をやることによって発展してきたのに、いくら戦争をしているからといって、英語を教えないのはばかげている」というような、まあそんな意味のことを申しました。「とにかく学校で英語を教えなくなったら、先生をつけてやるから英語を勉強しろ」といって、私にその三冊の辞書をくれたのです。

私はもちろんそのころまでに、ABCぐらいは、これはビスケットがありましたから知っていました。（笑）しかし、もちろんそのほかのことは何も知らない。たしか小学校の四年生だったと思いますが、私はそのとき子供心に、「英語というのはたいへん大事なものらしい、英語を勉強しないと国が滅びるらしい。これは大変だ」と思いました。国が滅びるというようなことをいうと、先生方は別といたしまして、若い諸君は大げさな、とお思いになるかもしれないけれども、当時日本は大きな戦争をしていましたから、これは切実な実感だったのです。

それから僅か一年後に日本が負けました。私は当時鎌倉に住んでおりましたが、近所に私の義理の祖父がおりました。義理というのはおかしいですけれども、私は母親を早く亡くしましたので、そののち二度目の母親がまいりました。その二度目の母親の父親というのがつまり義理の祖父であります。これは英語の教師でした。私がアメリカに留学している間に八十二歳で亡くなりましたけれども、戦前青山学院で英語の教授をしておりました。日能英三という人であります。この人は著書は一冊もない。そのかわりたいへん温厚な人柄でありまして、英語の教えかたも上手だったように思います。私が二度目の母親を迎えまして、この祖父を知ったころには、祖父は青山学院の教授を引退して、まあ悠々自適の生活をしておりました。

戦争が終ったとき、ちょうど私は小学校の六年でしたけれども、祖父のところに英語を習いに行きました。これは行かされたのか、あるいは行ったのか、はっきり記憶していませんが、おそらく父にいわれたのか、祖父が教えてやるというので行ったのか、どちらかだったろうと思います。毎週二回、あるいは一日おきぐらいに通いました。それは非常な楽しみでした。いまはもうどこでも使っておりませんけれども、そのころ三省堂から出ていた「キングズ・クラウン・リーダー」という名の、リーダーを習いました。戦後の英語のリーダーは、アメリカの影響が強くて、その後新制中学になってから「ジャック・アンド・ベティ」とかいうのが出ましたけれども、すべてアメリカ式であり、オーソグラフィーもアメリカ式になってしまった。ところが、昔の「キングズ・クラウン・リーダー」というのは、いわば夏目漱石とか、岡倉由三郎とかいう人たちの英語でありまして、イギリス流の英語であります。その中へ出てくるミスター・スミスというのは、これはイギリス人のミスター・スミスであって、アメリカ人のミスター・スミスではない。私が習いはじめたこのリーダーの巻の一にもタワー・ブリッジの絵が出ていました。それに出てくる風物もみんなイギリスの風物でありまして、アメリカのことは少しも書いてない。私は祖父の六畳の書斎で、祖父の前へすわりまして、ダイレクト・メソッド（直接教授法）で教わりました。

祖父は、英語は横に書いてある、横のものを一々縦にして考え直すのは思考の不経済であるという信条のようなものを持っておりまして、アイ・アム・ア・ボーイを「私は少年である」と訳さないで、そのままアイ・アム・ア・ボーイと覚えろ、と申しました。祖父が読むとこっちはそのあとをついて読んでいく。そのとき同時にフォネティック・サイン、これはダニエル・ジョーンズのフォネティック・サインでありますが、あれを教えてくれまして、このとおりにやると知らない単語でもちゃんと発音できるということを覚えました。これはCがひっくり返っているのをオーというとか、舌をかむ〔θ〕とか〔ð〕とかいう音をさかんに習わされたものであります。

いまこうしてお話しておりましても思い出しますのは、祖父のFの発音です。祖父は小柄な男で、ごましおの頭をいがぐり坊主にしておりまして、口ひげをはやしておりました。その口ひげをはやしている上くちびるがFの音になるたびに下くちびるに重なり、そのとき口ひげが少しそよぎまして、ファという。それでファクトリーと、こういうふうに……。そういうFの発音の仕方を見て、なんというおかしな口をするのであろうと思った。(笑) しかし血はつながっておりませんけれども、身内の者がそういうへんな口をして発音するのだから、自分がしてもこれははずかしくないのだ、と思ったのは心理的に非常によかったと思います。

ガンで一年ほど前に亡くなりましたが、丸岡明さんという小説家がおられました。私にとっては、「三田文学」の先輩であります。この人は暁星から慶応へ行った人で、フランス語が上手でしたが、お能の専門家で、ときどき能役者を連れてフランスへ行ったり、ヨーロッパ各地をまわったりしておられた。この丸岡さんが、英語を話すのをとてもいやがりました。英語というのは、カタカナのとおりに発音すると、だれもわかってくれない。たとえばピカデリーといってもだれもわからない。ピッカデレーといわないと通じない。ああいうのははずかしくて自分はとても発音できないというんですね。フランス語だとカタカナのとおりしゃべっても大体通じる。ただ鼻に少し抜きゃいいんで、シャンソーン、とかなんとかいえばいい。(笑) ほんとに英語というのはいやなことばで、たとえばロンドンのオックスフォード・ストリートの入口のところにマーブル・アーチというアーチがあります。これをツー・ストレスに発音したら地下鉄で切符を売ってくれない。マーブラーチとヘッド・ストレスでひと息にいわないと絶対売ってくれない。マーブル・アーチといったら通じないのです。そういうところがいたるところにあります。ですから初めに「キングズ・クラウン・リーダー」で義理の祖父の口の動きを見ながら、毎回おうむ返しに妙な音を出す練習をしたのは、私にとって英語のイニシエイションとして大変よかったのではないかと思います。どんなことばでもそうだと思いますが、最初が肝要でありまして、最初これを半年ぐらいやったのはためになりました。

Ⅱ

そのうちに入学試験を受けて――私のころはまだ旧制中学であります――昭和二十一年の四月に神奈川県立湘南中学校に入りました。これはかの有名な石原慎太郎を生んだ学校であります。石原は当時私の一級上におりまして、サッカーをやっていました。彼はあたかも選手であったかのようなことをいっておりますけれども、これは真赤なうそでありまして、選手は選手でも二軍の選手でありました。（笑）当時彼の専門はたしかたま拾いだったと思います。（笑）湘南中学にはいろいろな先生がおられましたけれども、一年のときは鈴木忠夫先生という方にお習いしました。この方はたしか文理科大学（東京教育大）の英文をお出になった方です。この先生もいまから考えると比較的いい教え方で、祖父に習っていたようなダイレクトでオーラルな要素の多い授業をされました。しかし私は祖父に習っていたおかげで、英語というものに多少の親しみを持っておりましたので、あまり苦労するということがありませんでした。そのせいか、鈴木先生にどういう英語をお習いしたかあまりよく覚えておりません。ただこれは英語とは直接関係がありませんけれども、私が印象深く覚えている鈴木先生の言葉があります。

当時進駐軍が続々と日本に入って来た。その進駐軍の将校がときどき学校を視察にまいります。湘南中学校という学校は、戦争中特に海軍兵学校、陸軍士官学校に多くの優秀な生徒を合格させたというので有名な学校でした。三高はどういうものか受からない。三高に行った人が何か悪いことをしたというんで、それから三高がにらんでとってくれなくなったという伝説がありました。三高以外の旧制高等学校にもかなり合格者を出したけれども、それ以上に軍人志望者が多かった。そういうわけで、ことさら進駐軍には、にらまれていたとみえます。当時は創立以来の校長先生がご健在でした。たしか創立は昭和二年で、わりあい新しい学校でありますけれども、赤木愛太郎先生という、今戸焼のタヌキみたいな校長先生がおられました。この先生はなかなかの人物でありまして、いまになってみますと、私は非常になつかしい感じがします。戦争中軍人を養成したことを、戦後てのひらを返したように攻撃しだした人々がいましたが、そういう人々に赤木校長はいわれた。「この学校は私立の学校ではない、公立の学校である。公立の学校というものは、国家の要請する人間をつくるためにあるものだ。戦争中は軍人が必要だったから軍人をつくった。戦後は民主主義の市民というものが必要なのだそうだから、民主主義の市民をつくればいいじゃないか。なにもじたばたさわぐことはない」そういわれた。それはずいぶん乱暴な議論でありますけれども、当時そういう議論を聞くのは、なんだか少し痛快な感じがしました。しかしいくら痛快がってみても、負けた国というものはあわれなもので、ジープに乗って向うの将校が教科書に墨を塗りにやって来ます。戦争中の教科書をそのまま使っていると軍国主義になるといけないというので、さしさわりのあるところへ墨を塗る。これはふしぎな因縁で、私はもちろん当時アイデンティファイできなかったけれども、ジープに乗って神奈川県下の教科書に墨を塗って歩いた一人は、湘南に来たかどうかはわかりませんけれど、後に私がプリンストンに行ったときに、私のボスになったマリアス・ジャンセンという歴史学者であります。まことにふしぎな縁であります。（笑）

そのころ進駐軍が来ますと、なるべくお手やわらかに願いたいために、学生のブラスバンドにブカブカ演奏させました。ブカブカ演奏するのはもちろんアメリカのマーチでありまして、ドイツのマーチはだめなんです。（笑）スーザの「美中の美（フェアレスト・オブ・ザ・フェア）」とか、「ワシントン・ポスト」なんていう曲をやる。私はそのころブラスバンドにこっておりまして、大きなラッパをブカブカ吹いていた。こっちはサツマイモしか食べていないので腹をへらしているのですけれども、向うにアメリカの将校の姿が見えると先生が手を大きく振る。NHKのプロデューサーが拍手しろというのと同じで、大きく振るとそこでひときわ大きな音を僅か三分ぐらいの間ですけれど吹き鳴らす。そうするとその前を満足そうな顔したアメリカの将校が通って行く。もう民主化してるということを――アメリカのマーチをやってりゃあ民主化したと思っていますから――確信し、ニコニコしてアメリカの将校が歩いていく。姿が消えるとたんに演奏をやめる。(笑)

このころはみんなもう無我夢中でありまして、戦争に負けたということがどういうことだか少しもわからない。けれども、鈴木先生はそのころ、ふと「もう十年か十五年経つと、世の中は落ちつくかもしれないし、米の配給ももっとよくなるかもしれないけれども、戦争に負けたということがどういうことかということが身にしみてわかるようになるよ」といわれた。私にとってはこれはいまだに忘れられない言葉です。まさに先生の予言されたとおりになったと思う。今日、日本は国民総生産世界第二位とか三位とかいっています。こういうすばらしいセミナー・ハウスもできているし、すべてよくなったのだといいますけれども、私はどうもそうは思わない。つむじまがりなのかもしれませんが、日一日と日本はほんとうに戦争に負けたんだなあという実感が痛切に身にしみこむように思われてなりません。

なぜこんな話をしたかと申しますと、英語を勉強するということと、戦争に負けたということのあいだには密接な関係があるからです。大体日本が西洋の学問をやり始めたのは、西洋文明と接触せざるを得なくなったからです。日本が近代化にふみ切って成功したことをみんなが誇りにするようなことを申しますけれども、私は日本人である自分の幸福ということをつくづく考えた場合、こういう考え方に疑問を持たざるを得ない。英語も勉強せず、西洋式の生活もしないで、昔ながらのチョンマゲを結って、カゴに乗って暮していられれば、あるいは日本人はほんとうは一番しあわせだったのじゃないかという気持をどうしてもぬぐい去ることができない。鎖国をしていたからいけないといいますけれども、鎖国していて国の中が平和におさまっていけるなら、それでよかったと思う。べつに新しい知識をガツガツとり入れたりしないで、精神も安定し、いつまで経っても世の中はこんなものだと思って暮すことができたとすれば、これはほんとうにすばらしい生活ではないだろうか。なまじ外の世界のことを知って、競争しなければならないという状態を押しつけられたために、私たちは猛烈な勢いで勉強し、かつ競争し、国内でも国外でも、息せききって、肩で息をしながら暮している。だけれどこれがほんとうのしあわせなのだろうかということを私はときどき考える。もちろんこれは文士の感慨にすぎません。そういうことをいっていたら、民族としても個人としても、日本人が生きていけないことは申すまでもありません。

そこで、ペリーが来航して以来、日本は西洋の学問を国是として採用してやってまいりました。明治以来、日本の学問の進路をきめたのは洋学です。その洋学も明治以前の学問が、儒学、特に朱子学であったのに対して、やはり英学という要素が一番強かったと思います。その後アカデミズムはドイツの学問に影響されましたけれども、とにかく英語を一つの導入部とする西洋の学問をやらざるを得なくなった。それでみんな英語をやり始めたわけです。夏目漱石などという人は漢学が非常に好きでありまして、元来漢学者になろうと思っていた。この漱石には大助という兄さんがおりまして、この兄さんは夏目家が明治になって没落しましたので、これを建て直すべく、いまの東京大学の前身であります開成学校に入学いたしました。英語が得意な秀才でしたが、学なかばにして結核にかかり、学校をやめなければならなくなりました。けれども、開成学校を中退した夏目大助が、警視庁の英語翻訳係に採用されてもらった月給が四十円です。明治八年ごろに四十円の月給というのはたいへんな高給であります。現在の金高に換算してどれぐらいになりましょうか、二十万円ぐらいでしょうか。その後彼は陸軍省に転属になって、明治二十一年に死んでしまうのですけれども、陸軍省にかわったときには四十五円に昇給した。当時二葉亭四迷のお父さんの長谷川吉数という人が尾張藩の下級士族の出で、ある県庁の役人をしておりましたが、その月給がたしか二十円か二十二円くらいです。英語を知っていると、若僧でも四十円もらえる。英語というのはそれほど役に立ちかつ尊重されたのです。だからみんな「ウエブストルのディクショナリー」（Webster's Dictionary）というのを持ちまして、懸命になって勉強した。坪内逍遥の『一読三歎当世書生気質』という本を読みますと、いかに当時の書生が「ウエブストルのディクショナリー」と首っ引きで、いろいろ単語を覚えたりしていたかがよくわかります。功利主義的動機からいっても英語をやらなければならなかった。

戦後になりますと、このパターンがもっと強い形で、もっと有無をいわせない形で反復されて、アメリカに占領されるという事態が起った。つまり日本はもうほんとうに世界の外側で暮していることができなくなってしまって、好むと好まざるとにかかわらず国際社会の中に組み込まれてしまった。その組み込まれかたも、日本のタームで組み込まれるのではなく、完全に英語文明のタームで組み込まれるという事態が起ってしまっている。このようにして、日本が戦争に負けたという事実と、英語学習ということとは大変深刻な相関関係を持っている。幕末維新のころには、日本は確かに外国の圧力のもとで開国いたしましたけれども、独立を辛うじて維持していました。ですから英語を学ぶについても、今日のことばでいえば主体的な姿勢で学ぶことができました。つまり日本の独立を守るために、あえて相手の武器を取って戦うという姿勢で勉強できたところがあった。ところが戦後は、いやおうなく英語的な規範を私どもは押しつけられてしまった。

八月というのは私にとっては非常にいやな月です。T・S・エリオットの『荒地』には、四月が残酷な月だという有名な一行がありますが、私どもにとっては、むしろ八月こそが残酷な月でありまして、八月になるといろんなことを思い出す。やみ市に売っていたブドウ糖の味とか、それから「カム・カム・エブリボディ」の英語の時間とか。これは

「ショッ・ショッ・ショージジョージ」の節で歌うのです。平川唯一という人がＮＨＫでしょっちゅうやった。非常に上手なアメリカ英語で、「カム・カム・エブリボディ」というのを毎夕六時四十五分にやっていた。（笑）それから「鐘の鳴る丘」とかいろいろありますけれども、終戦直後に一番最初に売り出されたのは英語会話の本、長沼アントワネット編著なんていうこんな小さな本があった。どこから紙を調達してきたのかわかりませんけれども、あのころは紙が統制でしたから……。そこにハウ・ドゥ・ユー・ドゥとか、日米親善的会話が並んでいる。そういうのがどっと売り出された。

私が英語を勉強いたしました「キングズ・クラウン・リーダー」というのはさきほど申し上げたとおりイギリス流の英語であって、たとえばレイバーというのは our の語尾がついている。そしてそこに登場するミスター・スミスというのは一九二〇年代ぐらいのイギリスの田舎紳士です。敗戦の現実と何にも関係がない架空のことが書いてある。ですから当時たとえば私にとって英語は何であったかということを考えてみると、それはまずこういう架空のものだった。英語は一面においては進駐軍と取引をしたり、放出物資を得たり、境遇によっては進駐軍につとめて働くときに不可欠な実用的外国語であるという面がある。しかし一面においては、英語というものはなんら実用性のない架空のものであった。アメリカ語だけじゃなくて、イギリス語がある。そのイギリスも日本を占領したのですが、これは呉を中心とする中国地方の一部だけで、鎌倉にいた私の周囲にはイギリス人はほとんど登場しなかった。しかも日本人はイギリスに負けたという意識は、現在でもそのころでも少しも持っていない。むしろイギリス人のほうが日本に負けたという意識を持っている。そうするとこのイギリスというものはこれは私にとっては救いでありまして、イギリスの英語をやっている限り占領されていることを忘れていられる。英語は現実逃避の手段になり得る。占領状態の中で、占領国の言語とほとんど同じ言語でありながら、必ずしも占領状態ということを日夜自覚しないでもいい英語の勉強の仕方というものがあった。ただこの英語の勉強法は、日本的観念的な英語の勉強法でなければならない。日本人の先生からお習いする分にはかまわない。自分の祖父から習う分にもかまわないのでありますけれども、アメリカ人と直接接触して、英語を習うということは私は絶対にいやだった。級友の中には教会などに行きまして、教会でアメリカ人の先生になるべく接触すれば、いい英語が早く覚えられるだろうと、こう思っていた人たちがいて、そういうことをためらいなくやっている人もいました。私はそれはそれでいいだろうと思いましたけれども、私自身その真似をするのはいやでした。私はやはり、占領されているとか、負けたというようなことを、なるべく忘れていたかったんだろうと思います。英語の二重性のうちで、西洋文明一般に対する導入部という面にだけ興味を持った。私はそういう英語を一所懸命勉強したのです。

Ⅲ

私の東京の家は焼けてしまいましたけれども、中学三年のときに銀行の社宅という掘立小屋が建ちましたので、東京へ戻ってまいりました。学校は転校して都立一中という学校、いまの日比谷高校へ転校したわけであります。これはなにも学校差のことをいうわけじゃありませんが、湘南中学は神奈川県では一、二を争うアカデミック・スタンダードの高い学校でしたが、ほかのことはどうでもいいとして、数学と英語に関する限り東京の一中と比べますと、かなり進度がおくれていました。それがたたりまして、数学は以後まったくできなくなりました。湘南中学にいるときには、数学はそうひどくできないというわけではなかった。特に私は幾何より代数ができて、優の上に秀というグレイドがあったのですが、秀をとったこともありました。それが一中に来ますと間に二つぐらい輪が抜けてしまって、転校して最初の試験で零点をとっちゃった。そのとき生れて初めて成績で私は立たされました。いたずらして立たされたことはありますけれども、成績で立たされたのは初めてです。まだいらっしゃると思いますが、安田先生という〝Y《ワイ》〟というあだなの先生がおられました。この先生は古典的な受験数学の大家で、本はあまりお書きにならないけれど、たいへんびしびしとおやりになる。それが「おまえ、立っておれ」というんで、いまでも覚えていますが、黒板の前に立ちまして、一時間恥をかいたんです。それから私は非常に憤激しまして、……発憤したのではなくて、居直ったのです。（笑）できなくたって何が悪いんだ、と思いまして、勉強しなくなった。数学は以後全然できない。（笑）ところが、英語のほうもなかなかむずかしかった。英語の授業法についていえば、湘南中学の授業のほうが私は進んでいたように思います。つまり現在皆さん方がおやりになるような、ダイレクトかつオーラルな要素が強くて、どこか現実に即応している。ところが一中で私が最初にお習いした先生は、小倉兼秋先生という方で、この方はどこかの旧制高校の先生だったんじゃないかと思うのですが、非常によくおできになる。ジョン・スチュワート・ミルの翻訳がおありになるえらい先生です。ただからだがお弱くて、現に半年経ったら結核で休職になってしまわれた。高邁な授業でありまして、ホーソンの『ワンダーブック』というのを中学三年のとき使っていました。むずかしい。単語をいっぱい引かないとついていけないのですけれども、私はこれは必死になってついていきましたら、一ヵ月ぐらい経ったらまああいい線までいってると自分でも思えるぐらいになった。つまり私は、おそらく英語のほうが少しできたんじゃないかと思います。そのうちに小倉先生がお休みになったので、そのあと私は幸運にも良師を得ました。この先生は、お名前を申し上げてもいいと思うのですが、梶眕吾《しんご》先生という方です。

この先生は函館あたりのご出身で、旧制一高に入られて、語学では抜群の成績だったという評判であります。加藤周一とか、中村真一郎などという人々と同級生です。フランス語が非常によくできて、いつも居眠りして——どんな学校にもよくできる生徒の伝説というものがありますが——いつも半眼に、眠そうにしている。ところが、先生が「梶君」といわれるとさっと立って、実に明快きわまりない解釈をするというんで有名な人だったそうです。しかし幸か不幸か先生はビリヤードにとりつかれました。松山金嶺という名人に弟子入りして、ついにスリークッションで日本で屈指の腕前になられた。そのころには一高をやめていた。それから苦労されまして、専検をおとりになって、戦後日比谷高校になる直前の一中の先生におなりになったわけであります。先生はもちろん英語だけではない、フランス語もよくおできになるので、フランス語も教えておられた。

梶先生は優雅な雰囲気を持っておられて、教員室でも超然としておられるようでありましたけれども、ことばに対する感受性がまことにすばらしい先生でした。ことばには色合いがあり、音があって、ことばというものはちょうど食べものを味うように、一語一語味うことができるものだということを私に教えてくださったのはこの梶先生であります。

その授業方法は、たとえば文法などでも、規範文法はもちろんやるのですが、二、三人の生徒が興味を持っていることがわかり出しますと、規範文法のほうはさっさとやってしまいまして、イエスペルセンの「エッセンシャルズ・オブ・イングリッシュ・グラマー」などを持ってこられて、こういう本があるから読んでみろとおっしゃった。それで私はイエスペルセンを読んだのです。イエスペルセンはいまでは古いでしょうけれども、中学三年か四年、新制で申しますと高校一年になったばかりぐらいの生徒がそういうところへ引っぱり上げられるのはなかなかエクサイティングな体験です。梶先生はときどきフランス語を英語と一緒にお書きになりまして、二つのことばの関連を教えてくださった。フランス語もプルーストなどが例文で出て来ます。概して引例はたいへん色っぽいのが多い、恋愛小説みたいなのが多い。それを少しもためらわずに高校生に教えてくださる。「ジャック・アンド・ベティ」とは大違い。(笑)「ジャック・アンド・ベティ」で、お手々つないでチイパッパという、こんなものが英語であってたまるもんかとこっちは思っている。いっぱしのおとなのつもりですから、嬉しくてたまらなかった。ディッケンズなんて古いものはやらない。やっぱりプルーストとか、グレアム・グリーンとか、サマセット・モームとか、そういうのが例に出てくる。大変出世したような気がしました。文法も、つまり文法というのは頭に入れるために仮りにたばねるものであって、言語はもともと生きものであるということがわかるように教えてくださる。生きものであれば当然それは味えるものだ。いろいろな輝きと色つやを持ったものであるということがだんだんわかってくる。梶先生に与えられた知的刺激は非常に大きなものだったと思います。もしそのままやっていれば私は語学を専攻するようになっていたかもしれません。梶先生にはたしか一年だけお習いしました。

梶先生の影響で、そのうち私はなまいきにもアテネフランセに通ってフランス語を勉強しはじめるようになりました。それから英語もそういうふうにして勉強して行きました。これは非常に楽しゅうございました。英語でいやな思いをしたことはそのころ一度もない。つまりことばというものは、面白いものだなと思っていた。ことばには歴史がありますから、一つのことばを見ているのは、ちょうど一つの史跡を見ているようなものだともいえます。これはオールド・イングリッシュではどういって、古代スカンジナビア語とどう関係するというようなこと。あるいは英語は大部分ラテン系のコグネイトのことばが多うございますから、言語体系のなかに北のにおいと南のにおいがまざりあっている。それはそもそもイギリスの歴史であり、文化史であるというようなことも、ことばのにおいをかいでいるうちにだんだんわかってくる。こういういわば唯美主義的なといいますか、文化史的な勉強の仕方は私にはとても楽しかった。そういうふうにしているうちに、もちろん小説も読みました。高校一年のとき一番最初に通読したのは、バーネット夫人の『リトル・ロード・フォントルロイ』（『小公子』）という小説です。翻訳された『小公子』のほうは子供のときに読んでおもしろかったのですけれども、ちょうど梶先生にお習いして間もなく神田の古本屋で『リトル・ロード・フォントルロイ』の原書をさがしてきて通読した。それを一ページから読みだして最後まで全部読んだというのがとてもうれしかった。フランス語を勉強するのもなかなか楽しかった。絶対に負けたことを考えなくてもすむし、アメリカ人と絶対につき合わないですむからです。アテネフランセに行きますと、ここにはフランス人の先生がおりまして、中級というところまでやりました。ここで私は語学というのは恥をかかせるものだということをさとりました。日本人同士でやっていれば、仮りに立たされたってたいして恥はかかない。そのころ大村雄治さんというアテネフランセの先生が『涙なしのフランス語』という本を出された。なぜ〝涙なし〟かというと、大村さんは涙ながらにフランス語を覚えたかただからです。何度泣いたかわからないに違いないのです。とにかくできないと、ちょっと文法の活用を間違えたりすると、フランス人の先生がみんなの前で非常につめたく嘲笑する。しかもカタコトの日本語で、「アナタバカデスネ」（笑）とやる。これをやられたらとてもたまったもんじゃない。ほんとに涙がずーっと出てくるような感じになるのです。しかし、この次はコンチクショウ、こんな毛唐に絶対ばかにされてたまるか、と思って勉強していく。そこで少しずつフランス語が上達するというわけです。こんなことをやっておりました。

そのうちに、私は多少家庭の事情がありまして、家にいるのが面倒になって来ました。家を出るのに一番いいのは外国に行ってしまうことですから、外国に行く手段はないものかと、こう思っておりました。いまだとＪＡＬパックとか、そういうものがありますから、皆さん方もたとえば夏はケンブリッジのサマーコースに行くとかいうようなことが、少しお金があればできる。しかしそのころはＪＡＬパックもなにもありゃしない。朝鮮戦争のまっ最中であります。私が高校二年のときです。当時行くとなれば、恩恵的に、一方的に与えられる留学の機会をとらえるしかなかった。高校生もいまのＡＦＳなどという制度がありませんから、もっと恩恵的なもので行く。私はアメリカという国が格別好きでもなかったし、アメリカ人とつき合いたくない気持も強かったのは、さっき申し上げた通りです。同時に、家にいたくないから行ってしまいたいという気持も一方にはあった。両方てんびんにかけているうちにだんだん行ってしまいたい気持が強くなりました。そのときちょうどアメリカに行く試験がありました。どういう主旨のものだったか忘れてしまいましたが、幸い私は英語が好きで、多少自信もあったものですから、日比谷高校で推薦されまして試験を受けに行った。これは明治学院でやりました。受けに来たのは、イングリッシュ・スピーキング・カントリーズで生れたり、育ったりしたことのない人間、それから日本の公立の高等学校に行っている生徒という、たしか二つの制限があって、それをみたしている人々でした。もちろんペーパーテストもあるのですけれども、一番大事なのはスピーチで、任意の題を与えられまして、五分間考え、十分間スピーチする。そういう試験です。前には、あれは——ぼくはきらいな人はみんな忘れてしまう——つまりそこには明治学院の先生とか、ミッションスクール系の先生で、主にアメリカで勉強されて、英語がペラペラの先生方ばかりが試験官で並んでいる。お互い同士英語でしゃべったりしているんですね。これを一見して、なんたることだ、まことに許しがたいことだと（笑）私は思いました。しかしこう思ったって、向うが試験官ですからしようがない。こっちは英語をやらなきゃあ威張れないのです。十人ぐらいのアップリカンツがいたのですが、私はその一人で、私よりもみんなどうもできそうなのばっかりでした。事実またそうだった。中に一人小山台高校から来た人がいて、背は高いし、眉目秀麗、まことに好男子。「少年倶楽部」の表紙みたい（笑）な美少年だった。この人がなかでも、たいへん落ちついているんです。つまり私のように、少しひねくれたところがなくて、ストレイトでいい。私が教師の立場に立ってみればまことに愛すべき少年といいますか、青年でした。そのほか何人かいたのです。いろいろ話しているうちに、三年生が多いということがわかった。その人も三年生で、二年生は私ともう一人ぐらいしかいなかったから気が楽になって、これは落ちてもあたりまえだ、一年足りないんだからしようがないと思いました。ペーパーテストその他はとにかく普通にやったのです。しかし、題を出されて、五分間考えて十分間しゃべるというのはこれは一大事です。何の題だったか忘れましたけれども、一所懸命考えようと思ったんだけれども、何も出てこない。まったく何にも出てこない。そのときの感じはここでこうしてお話しているのとよく似ていましたが、今日は、日本語だからいくらでもしゃべれる。（笑）前には五、六人の先生がおられる。それは梶先生とも違えば鈴木先生とも違う。それよりずっとハイカラで、モダンで、アメリカナイズされた人々である。お互い同士英語でペラペラやってるんだから、これは違う人種なんですね。教会なんかに行くとこういう人々がいるのかもしれない。あるいはミッションスクールなんかに通っていれば接触できるようなタイプの先生方かもしれない。しかし私の生活範囲にまったく存在しないタイプの日本人。それが目の前に並んでいる。もうこっちは違和感にたえられない。違和感にたえられないところへもってきて、スピーチをするなんていう芸当ができるはずがない。もともとこっちから自発的に発表する実力は皆無であります。まあ皆無ってこともない、ポテンシャルはあったんでしょうけれども、心理的な抑圧が加わっているから、全然、文字どおり一言もしゃべれない。それで十分間黙って立ってた。これはこっちもつらいですけど、しゃべってもらえない先生方だってつらい。(笑) ですから先生の方は、「君は何先生を知ってるかね」とかいって、話をひき出そうとする。もちろん、英語でですよ。それはわかるんだけれども、「知ってるかね」っていったって、こっちはそれどころじゃない。依然としてこっちはまた黙りつづけている。そうすると先生はまた困って、今度は別の話題を提供しようというわけで、「まあ気楽にやりたまえ」とかなんとかいう。(笑) 私もそれからすでに二十年近い年月が経過しておりまして、恥を忘れたというか、恥が遠くなりましたのでこのことをこうして皆さん方の前でしゃべれるのです。学校へ帰って、うまくできませんでしたとは報告しましたけれど、十分間一言もしゃべれなかったとはさすがにいえなかった。結果はもちろん落ちたわけです。だれが受かったか。それは初めからわかっていたとおり、眉目秀麗、身長五尺六寸の美少年です。(笑) この人は教会に行っていてクリスチャンでもあり、明るいいい青年でしたから、当然ドンピシャリと受かりました。それからどうなったかは知りません。もし機会があってどこかで会えたらさぞなつかしいだろうと思います。

これは私にとっては相当深刻な体験でした。つまり、唯美的、抽象的、ブッキッシュな英語の勉強の仕方、要するに通弁的要素のまったくない、おしでつんぼの英語というやつばかりをいくらやってたってだめだなあと思いました。英語はことばですから、当然話したり聞いたりするものです。活字だけじゃあ困るんだなあと、こう思いました。思ってひそかに、進駐軍の放送を聞いたりして耳を慣らし、その方面も多少勉強するようになったのです。

Ⅳ

それから私は慶応義塾の文学部へ入りました。英文科に入ったのです。はじめは仏文科に行こうと思っていたのですけれども、ラテン文学の藤井昇先生が当時はまだ助手で、日吉の教養課程の英語の先生として来ておられました。この藤井先生は私にとってはちょうど梶先生の再来のような先生でした。この先生は現在ではスペイン語や英語も教えておられますけれども、ラテン語の学者で、ヨーロッパの古典古代の学問をしておられる。まあ幾分変り者でありまして、文章もお上手で、樋口勝彦先生というラテン語の大家の唯一のお弟子であります。樋口さんそっくりの脱俗的なおもしろい生活をしておられる方です。この先生が、お前は英文科のほうが向いているから、英文科へ進めと忠告して下さった。そんなものかなとくすぐったく思っているころ、たまたま私は、吉田健一さんの『英国の文学』という本を読んだのです。

これを読んでみて目からウロコが落ちたように感じたのです。英文学というものは私はそれまであまり尊敬していなかった。シェークスピアは別格ですが、あとはどうせ商人の文学だからたいしたことはないだろうと多寡をくくっていた。フランス文学というとやはりプルーストとかなんとか、たいへんすぐれたもののように考えていた。ところが吉田健一さんの本を読むと、英文学というのは文学だということがわかる。ばかみたいな話ですけれども、ほんとうにコクのある文学だ。昔からいままでいろいろへんなやつが次から次に出て来ておもしろい。これなら英文学をやるのも面白かろうというので英文科へ入ったわけです。藤井先生が教養課程の英語だけではなくて、専門課程の文学のほうも教えて下さったらどんなによかったろうと思います。それというのは、私のはいったころの慶応の英文科というのは、この中に慶応の方がいらっしゃったら申しわけありませんけれど、まことに退屈なところでした。出身校の悪口をいいたくはありませんが、慶応の英文科を通りすぎても英語は少しも上達しなかった。（笑）近代英語学に関しては、ただ一つ、言語学の鈴木孝夫先生がそのころは英文科の助手でいらっしゃいまして、二年のときに一年間演習を担当されました。これは非常にためになりました。鈴木孝夫先生の授業は実に峻厳をきわめていました。私はもともと勉強することはきらいではなかった。むしろ、ハアハアいうぐらい勉強させてくれないことが非常に不満でした。こうして、大学セミナー・ハウスに来て、インテンシヴ・トイレニング・コースをやれば別ですけれども、ハアハアいうような語学の勉強は、日本の大学の正規の授業ではほとんどできないようになっている。語学というのはまさに「アナタ、バカジャナイデスカ」といわれながらやらないとだめなところがある。ほんとうにあります。それをふつうは全然やってくれない。ところが鈴木孝夫先生の演習はまさに秋霜烈日、女の子なんか出てくるのをいやがるようなところがあった。先生は、「マーブルアーチ」というのをワン・ストレスでいうのだということは教えて下さらなかったけれども、オックスフォード・ストリートというのをオだけ大きくいって、ストリートというのはいわなくてもいいぐらいにすっという。そのかわりトッテナム・コート・ロードというのはスリー・ストレスでいう、というようなことをちゃんと教えて下さった。そのとおり発音してみたら難なくロンドンで通じるのですね。これはやはりたいへんなことなんです。ばかばかしいようなことだとお思いになるかもしれないけれども、こういうことを正確に、明確に教えて下さる先生が何人おられるか。そういうことを学生の印象に刻みつけられるように教えるのは容易なことではありません。つまり英語のアクセンチュエーションや、イントネーションに関する一つのパターンを一年間でたたき込むということです。これを実行するためには、どれほどの学殖とプラクティスが必要か。鈴木孝夫先生はあまり頭が切れすぎて、こわいようで、ちょっと近寄りがたい感じがいたしましたけれども、この先生の一年間の授業は、英文科の授業で役に立ったという点で最たるものでした。もちろんそのほかに、厨川文夫先生の古代中世英語文学の授業も印象的なもので、私は学問というものの厳しさを教えていただいたように感じています。また、ことばそのものに関して、井筒俊彦先生がまだ助教授で、「言語学概論」というユニークな講義をしておられました。怠けものの慶応ボーイたちがどうしてこのコースだけはみんな出てくるのかと思うぐらい、常に空席がない。前の時間が終ったらすっ飛んでいってていい席をとって待ってないと、席がなくなってしまう。井筒先生には「火星人」というあだ名を私はつけましたけれども、頭がこんなに大きいのです。全部脳みそが入っておりまして、(笑) 別にあけて見たわけじゃありませんけれど、そうに違いない。白墨を二、三本ちょっと持ってこられて、いつもストライプのワイシャツを着て、襟元をネクタイピンできゅっと押えて、ノートなどは持ってこられない。ご飯は頭が悪くなるからおかゆしか食べないというもっぱらの評判が立っていた。(笑) 岩波文庫のコーランの翻訳者でありますから、アラビア語が一番ご専門なんですけれども、おどろくべきポリグロットと申しますか、博学な方でありまして、セマンティックス、意味論とその批判を中心とする講義でした。そのとき私は、ああ、こういう先生に習うのはなんとしあわせなことかと思った。

いまだに私は、いろいろ書き込んだり、セロテープではったりして、こんなに厚くなっている井筒先生の言語学概論のノートを大事にしまっております。いかに私は先生の講義を一所懸命に聞いて、大きな知的刺激を受けたか。つまり世界の最尖端の学問をしている人の話を、いま自分は聞いているんだなあという、その興奮がなにものにもかえがたかった。常に知的フロンティアを一歩ずつ進んでおられるという手ごたえが、たまらなく魅力的だったのです。日本の学者なんかほとんど相手にしない。セマンティックスをやっている人が当時少かったせいもあるでしょうけれども、アメリカ人、ヨーロッパ人のいろいろなセオリーに対する説得力のある批判を展開されながら、実にユニークな講義をしてくださいました。これは英語ということだけじゃなくて、言語そのものに対する考え方を深める上で非常に役に立った。私はその後文芸批評を書いて今日に至っておりますけれども、井筒先生の一年間の「言語学概論」の講義にはたいへん大きな影響を受けたと思います。

こうして列挙いたしますと、私はむしろ慶応でめぐまれた学生生活を送ったというように思われるかもしれませんが、決してそうじゃなかった。特に近代英文学プロパーについては、ほとんど収穫がありませんでした。今、卒業アルバムを繰ってみると、西脇順三郎教授の、"May those barren leaves/Be green again with memories/Of your silent hearts/Under the jasmine and daphne bushes/You apparently had never seen/While you were here!"という英詩が英文科生の写真のそばに書いてありますが、なにもわれわれ卒業生だけが不毛なのではなくて、学校のほうだってはなはだ不毛だったと思います。それにしても、自分も一葉の不毛な病葉《わくらば》なのかと思うと、あんまりいい気持はしないのですが。

V

それで、私はほんとうは大学教師になろうと思っていたのですけれども、多少の事情がありまして、それをやめて、原稿を書いて生活するようになりました。文士を開業してからも、もちろん英語の本を読む、フランス語の本を読むというようなことは日常的なことでありましたけれども、英語をつかって暮さなければならないような破目におちいるとは、当時はついぞ思ったこともありませんでした。

昭和三十七年に当時ロックフェラー財団が毎年一人ずつ、日本から文学者を招いて留学させていたのの選にはいりました。一番最初に行かれたのは『路傍の石』の山本有三さんです。アメリカに行って、アメリカの大学に籍を置く。勉強はさほどしなくてもいいから一年間いて、アメリカの〝民主的社会のよさ〟を見て、日本へ帰ってくるという制度です。べつにアメリカのよさを宣伝しろとはいわないのですけれども。ずいぶんいろいろな方が行かれました。小島信夫さんとか、阿川弘之さん、安岡章太郎さん、有吉佐和子さんなどが、私の前に行かれたわけです。そういうわけで三十七年からアメリカへ留学することになりました。もうそのころになると日本人は大分海外へ出始めておりましたけれども、私は世帯も持っておりましたし、行けるんなら行ったほうがいいだろうというので行ったわけであります。そのときどんな苦労をしたかということは、こまかくお話しますと一時間でも二時間でもしゃべれるのですけれども、おたいくつでしょうからはしょります。『アメリカと私』という本に書いてありますから、それをお買いくださるとよくわかります。(笑)定価は五百四十円で、講談社名著シリーズにはいっています。以上CMをちょっと入れておきます。(笑)

ただ、ここで私は、最初に申し上げたことと関係しますけれども、敗戦ということとことばということとの相関関係をやはり考えざるを得ない。その前の年に私は幸運にもドイツの新聞情報庁という役所に呼んでもらいまして、ヨーロッパに六週間ほど行ってきました。ドイツという国はご承知のとおり英語がよく通じる国ですから、自分の英語をとにかくつかってみると割合に通じる。それまでにべつにプラクティスはしていないのですけれども、あれはふしぎなもので、スポーツでもそうかもしれませんが、しょっちゅう練習していても必ずしもうまくなるとは限らない。しばらくやめていると、やめているうちにうまくなるということもある。（笑）英語もそうで、つまり学校で習っている間はそう大してうまくなってないかもしれないけれど、卒業してしばらくほっておくと大分上達している。やっぱり学校には行ったほうがいいので、大学は解体してしまわないほうがいいと思います。

ところが、自分の英語もまずまずだなどと思ったのはほんとうはあさはかな考えであった。アメリカに行きまして、ロスアンゼルスまで来たときに家内が胃けいれんのような病気になりました。それが九月の初めで、レーバーデイ・ウイークエンドというのが始まりまして、町中の医者が全部ヴェケーションに行っている。ホテルでとにかくテキはフウフウ苦しみながら寝ているわけです。このテキをどう救うか。私はしようがないから、一所懸命頭の中で英作文をしました。自分の細君が腹痛を訴えて七転八倒しているとき、英語でものを考えるのはやっかいです。医者はいるか、どうしたらいいだろうということを聞こうと思うと、これはなかなかたいへんです。こっちは精神的に動揺しているし、だれひとり知っている人とていない。それで一所懸命英作文をしまして、看護婦をまず見つけてもらった。ようやく看護婦が来てくれたので、症状の説明と、いままでどんな病気をしたかという説明をしなければならない。これはひょっとすると死病かもしれない。いますぐおなかを切って何かしないと、死ぬのかもしれない。しかし何でもないただの暑気あたりかなんかでいずれケロリと治るものなのかもしれない。こっちが正確に説明するかしないかということにひょっとするとテキの命がかかっている。これは本当に弱りました。ところが正確に説明するのがたいへんで、私はコンサイスの英和辞典を一冊持ってましたが、英和辞典を見たって病名なんかなかなか出てこやしない。一々全部見てるうちに手おくれになるかもしれない。(笑)それでまあ一所懸命しゃべりましたら、看護婦は「あなたはわりあいにいい英語を話すわね」といってくれた。おばあさんの看護婦です。これはほんとうにうれしかった。地獄で仏とはこのことかと思いました。だけれど、考えてみればいい英語か悪い英語かは問題じゃない。はたして通じているか、通じていないかが問題だったのです。幸いにこの看護婦さんは親切な人で、渡る世間に鬼はないといいますけれども、ある病院を紹介して入院させてくれました。病人はたいしたことはなく、数日間の静養で元気になったのであります。そのとき私は、この国に来たら最後、英語をちゃんとしゃべったり聞いたりするということは、文字どおり生存に直結していると思いました。いったん外国に来てしまえば、外国語というものは、きらいだとか好きだということをいっているべき問題じゃない、あるいはペラペラしゃべるのは軽薄だとかそうではないとかいうような趣味の問題でもない。これはたいへんだと思いました。それから私はしようがないから、やみくもに聞き、かつしゃべるように努力しはじめました。ところがこれがとてもつらいのです。それは、外国に行けば、ことばが多少できたって、風俗習慣すべて違いますから、カルチュラル・ショックというものが起る。異質な生活にアジャストするのはなかなか楽じゃない。どっちかというと、これは男のほうが楽で、女のほうがむずかしいのです。女の人は語学が得意で、英語の上手な人が多いですから、ことばだけに関する限りはあるいは女の人のほうが楽かもしれない。しかし文化全体についていうと、女のほうが――私はある心理学者に聞いたことがありますが――トラブルが大きいそうであります。とはいうものの、男だってたいへんです。私はアメリカに着いて、家内の病気以来二ヵ月ぐらい、半分ノイローゼのようになっていたと思います。

プリンストンでは、さっき申しあげたジャンセン教授のとっておいてくれたアパートにとにかく落ちつきました。その晩日本から持っていった小さなトランジスタ・ラジオを聞いていたら、政党の党大会かなにかの実況放送をしていた。

よく聞いてみると、それはニューヨーク州の民主党の党大会で、次の上院議員候補をだれにするかという選考をやっているんだということだけはわかる。ドノバンとかいう人がキャンディデイトだということもわかる。それぐらいわかりゃ、まあいいようなもんですけれども、いろいろな人が推薦演説をしたり、それに対する反駁が行われたりしているのを、ずうっと聞いているうちに頭がポーッとなってきて、とても全部つかみ切れない。これで学校へ行って講義を聞いて、一体ノートがとれるだろうかと思いました。

まあ私は別に、学校へ行って単位をとって学位をとるとか、そういう必要は少しもなかったので助かったのです。ただ何でも好きなことをしていろという。しかし何でも好きなことをしていいというのは、何でもやらなきゃならないということと同じで、これは非常に残酷なアサインメントだと思いました。

たとえば懲役というのは、これはわりあいに軽い罰です。禁錮刑のほうが重い。懲役というのは、とにかく仕事が決っているのです。私は別に刑務所にはいったわけではありませんが、(笑)そうして仕事をするから、センス・オブ・アチーブメントが満たされる。ところが禁錮というのは、これは何にもしちゃいけない。本ぐらい読んでもいいけれども、厳格な場合には読書も許さないことがある。

アメリカへ行っていわば懲役になるのだと思っていたら、禁錮になっちゃったようなものです。これはほんとうにつらかった。

しかもアメリカ人の英語といったっていろいろあります。日本人だってそうですけれども、九州弁の人もあれば、東北弁の人も、上方なまりの人も、江戸っ子弁でしゃべる人も、いろいろいる。しかし日本は標準語が決っているだけいいともいえます。アメリカというのは大体スタンダード・アメリカンということばがないにひとしい。英語学者はあるといいますけれども、まことに実状にあわない。まあ一応かりにいうんでしょうけれども、フィラデルフィアの人にいわせれば、フィラデルフィア弁がスタンダード・アメリカンだというし、ニューヨークっ子にいわせれば、いやニューヨーク弁が標準語だという。わかりゃしないんです。

いろんなやつがいまして、そのいろんなやつがいろんなことをいう。それが大体わかるときとわからないときがある。あるとき私は、リチャード・ブラックマーという、ニュー・クリティシズムの一方の雄であるといわれていた先生のうちに、カクテルに呼ばれました。そうすると、ブラックマーさんが、たしかフォークナーと一緒に長野に行ったことがあって、長野の何とかいう旅館に泊ったっていうところまではわかった。それからあとが、三十分間、全然何をいってるのかわからない。全く皆目わからない。

私はこのときも、さあこれはたいへんなことになったと思いました。高校生のときは立往生がわずか十分でよかったのに、これは三十分です。しかも聞いているうちはこれがえんえんとこれから永久に続くのじゃないかと思われた。なんとブラックマーというじいさんはひどいやつだと、顔をぼう然と見上げて、イエス、イエス……。（笑）

ところが、これには実は落ちがあります。このことを私は、比較的話の通じる、ほかの若いアメリカ人の先生に、「どうもおれはすっかり自信喪失した、ブラックマーさんの話がちっともわからない」といいましたら、「わかるやつがどうかしてる、あれはものすごいメインなまりで、おれだってろくろくわからない」といいました。まあなぐさめてくれたんだろうと思うのですけれど、そういうこともありました。

ですから、最初の二ヵ月ぐらいはたいへんにぐあいが悪かった。そのうちに一つの転機が起りまして、私はそれから発奮いたしまして、なんとかやれるようになりました。

それは何かといいますと、忘れもしない、一九六二年の十一月中旬であります。プリンストンで「ジャパン・プロスペクト・アンド・プロミス」という題の学会が行われました。

これを組織したのは、後に――翌年、私は一年だけ臨時雇いの教師をやりましたが、そのとき私のボスになった、マリアス・ジャンセン教授です。日本側からは、当時の朝海駐米大使、赤谷参事官以下のワシントン駐在の外交官、それから貿易振興会の人たちというような、そういう学者以外の人たちまで呼びまして、アメリカ側からもモーガン・トラストであるとか、あるいは沖縄の民政府から帰ってきた人だとか、国務省からは――これは実際には、キューバ危機のすぐあとだったので来られませんでしたけれども、ジョージ・ボール国務次官、国務次官補代理であったトレザイズ氏――この人は今繊維交渉に来ている経済専門家です――そういう人々が参加しました。極東情勢、日米関係、その他の問題について論じようというそういう会であります。これは二日間行われました。

私はこの会に参加するように招待状をもらいましたので、ほかにすることもないし、あまり積極的でもないうらぶれた気持で出かけて行きました。

ところが、ふしぎなもので、日本が論じられているときの英語は、実によくわかる。これは自分のことが話題になっているときと同じです。しかも、英語で論じられている日本というものは、日本人がぼんやり論じている日本とは違う。それは外側から冷たく眺められている日本です。心情的表現は通用しない。自分の中に燃えたぎる心情があっても、それを一応抑えて、外側から日本の輪郭をクリアーカットにとらえて、それについて説明しないと向うに通じない。

ちょうど二日目の午後のセッションでありました――一人のアメリカ人が立ちまして、これは琉球民政府から帰ってきたばかりのアメリカのお役人なんですが、この人が、すっくと立って発言しました。昭和三十七年、今から七年前のことです。「いままでいろいろな意見が交換されて、日米関係は非常に友好的で、将来の見通しも明るいということだったが、沖縄をこのままにしておいてほんとうの友好関係が成立するはずがないじゃないか」とその人はいいました。

私はその発言に非常に感動しました。というのは、アメリカに来る前、私はある新聞社が出している週刊誌にコラムを書いていました。――無署名のコラムですが、あるとき、なぜ日本人は沖縄県といわないのかということを書いたことがある。沖縄県という名称を使っているのは夏の高校野球のときだけで、ほかのときは琉球とか沖縄とか他人事のようにいっている。しかし潜在主権があるからには、日本人の立場からは沖縄のことを沖縄県といってもちっともかまわない。それぐらいのことで阻害される日米友好関係なら、そんな友好関係はインチキだというようなことを書いたことがありました。

そう思っていて向うに行ったところが、アメリカのシビリアン・オフィシャルが沖縄の問題を提起してくれたので、私は非常にわが意を得て、次の瞬間に立ち上っていた。立ち上ってから、さあ、困りました。英語でなにかいわなければならないからです。それから無我夢中で、三分半ぐらい何かしゃべった。そのときある日本の外交官がこの小僧は、何とへたな英語をしゃべるんだろうというようなあきれた顔をして、横目で……（笑）見ていたのを覚えています。

そのあとで、私もちょっと自己嫌悪を感じて、おれはばかだなあ、なぜ少しメモでも書いておかなかったのだろう。それを見てしゃべりゃよかったのになあと思いました。その後十五分ぐらいたって、そのセッションが終り、ティー・ブレイクになった。お茶とクッキーが隣の部屋に用意してありまして、そこで休憩できるようになっている。――黒人のボーイさんが礼儀正しく、クッキーとコフィーかティーを持ってくる。

そこで私は、まだ少し興奮しているけれども、自己嫌悪も強かったので、すみっこのほうで小さくなっていましたら、さっきの沖縄民政府にいたアメリカ人が、そばへ寄ってきて、「君は非常にいいことをいってくれた、この部屋にこれだけ人がいるが、君とぼくしかこの問題の重要性を理解していない」といって握手を求められた。そのうれしかったことといったらありませんでした。

これはつまり、日本人として当然関心があってしかるべき、しかもその会に何らかの寄与をなし得る主題に対して、発言することのできたうれしさであり、どんなにいいかげんな英語であっても、その英語をだれも笑わずに聞いてくれたことについてのうれしさでもあります。私の不十分きわまりない英語が、向うの沖縄について責任のある地位にいる人に通じて、その間に意見の交換が行われたという実感を持てたこと。これが私にとってはなによりもうれしかった。

それで、つまりこれでいいんだと思いました。何も日本のプロパガンダをしようというのじゃないのですけれども、まず自分に第一義と思われることをしゃべって、通じさせようとする場合には、文法的に間違えたって、発音が少しぐらい悪くたってかまわないのではないか。自分は日本人だということがはっきりわかるような英語の使い方をすればいいのです。

とはいっても、へたな英語を使えというのではありません。やっぱりだれにでもわかるようにするためには、英語の技術を向上させなければいけない。自分はそういう努力をしても別にアメリカ人に尻尾をふることにはならないのだという、何かそういうリベレイションを得ました。それからは気が楽になりまして、気がついてみますと、だいぶてれずに英語をしゃべれるようになっていました。

翌年、たまたま日本文学史を担当していた先生が、日本に研究に行って留守になるというので、代理をさがしていた。一人こういうのがいて、何とかやれるかもしれない。大体安く雇えるから、こいつにまかせようというようなことで、私は教師を開業しました。

私はなにごとも勉強と思って引き受けまして、初め、一ヵ月分のノートをつくったと思ったら一時間でなくなってしまった。(笑)それからというものは別にノイローゼになりもしませんでしたけれども、全く四苦八苦で、一日平均四時間ぐらいしか寝ないで、ノートをつくって、授業をしました。とにかくフリーハンドでしゃべるなんてとてもできたものではありません。まあ向うの人は、ご承知のとおり、みんなタイプスクリプトを持ってきて、それを読むのが講義です。まさに文字どおりのレクチャーであります。私もこのレクチャーをやりました。そのほかにゼミナールの指導もしました。学生はさぞ迷惑したろうと思うんですけれども、まあ責任感と必要に迫られて、苦行難行の連続をやっているうちに、気がついてみると、多少英語ができるようになっていたというわけです。

私は英語で原稿を書けといわれれば、まあどうやら書くことができます。注文があって書けば向うの新聞雑誌が買ってくれますから、たぶん、どうやら使いものになるのだろうと思います。しかしいまでも私は、英語と日本語をスイッチするとき、一種のサイコロジカル・クライシスを体験する。

なぜかといいますと、……私は文士でありますから、原稿を書かなきゃ食べられない。毎日のように原稿を書いております。そこへ、たとえばカナダの新聞が日本特集をやるから原稿を書けと、こういってくる。この稿料は、日本の新聞の三倍ぐらいです。ですからそれを書くこと自体は、私の生活にとって、少くとも物質的にはプラスになる。稿料もほしいし、日本特集に載るのは虚栄心を満足もさせるので、私はこれを引受けます。

　そこで、まあ日本語をやめまして、タイプライターを取り出して来る。——私はタイプライターをチャンと打てないんです。一本指でやる。それも一つには、アメリカで教師を開業した当時タイプライターを習う時間が惜しかったからです。家内が一応タイプができますから、ロングハンドで書いたものを家内のほうへ回して、それをタイプしてもらったりもしましたけれども、これがときどき抜かしたり落したりする。（笑）結局自分でやるほうが速いから、このごろは一本指でやります。まあこうして一本指でタイプをはじめる。初め滑り出すまでは、まずローギアで走ってるところが、一枚ぐらいある。初め日本語で書いてあとから英語に直すということは、絶対にしません。発想の根本が違いますから、これは絶対やらない。私はいつでもぶっつけにやるんですけれども、ある程度行くと調子が出てきて、英語のリズムにのりだす。そうすると決してじょうずな英文ではありませんけれども、まあまあと思うものがなんとか書けます。

　ところが、そのあと日本語に戻るときがたいへんつらいんです。日本語の文章が固まってしまう。日本語が奇妙に固くなる。英語のシンキング・パターンと日本語のシンキング・パターンとは本質的に違うんですね。それを強引にシフトするとどこかにひずみが出て来てつらいのです。

　考えてみますと、私は帰ってまいりまして二年ぐらい、原稿暮しを毎日つづけていながら、日本語がほんとうにスポンテイニアスに出てこないで非常に苦労した。それは、英語がじょうずになったからというわけじゃないんです。そうじゃなくて、言語能力が一般に低下していたのです。二つのことばのあいだで宙ぶらりんになっていた。言語能力が高いときには、英語でも日本語でもフランス語でも、みんなパーパー出てくるはずなんですけど、シフトすると、どうもこの低い水位のところを一度通らなきゃならない。この低い水位のところを通っているとき、私のような売文業者はそれを非常にセンシティブに感じて不安になる。この不安定な感じがとてもいやなんです。

それから、あるいはカクテルに呼ばれるとか、だれか向うから学者が来るというようなことがあります。そうすると、話し始めの三十分間ぐらいは、私は英語をしゃべるのが面倒でしようがない。何かとってもめんどうくさい。ところが、シェリーか何かを二はいぐらい飲むと、まあだれでもそうですけれども、とたんに舌のまわりがよくなって、一晩つき合ってしまう。帰ってくると、今度は日本語の原稿を書くのがいやになる。そういうときは、私はたまってるはがきを書きます。友だちなどに、やあ、どうだね……というようなはがきを書いて、中和させてから原稿に入っていく。

ですから、サイマルテーニアス・トランスレイションをやる人がいますが、あれはどうしてできるのか、全くふしぎでなりません。しかし聞くところによると、国連などであれをぶっ続けにやっていると気違いになるんだそうで、必ず二週間か三週間で交代しなければいけないといいます。しかも、自分が通訳した演説の内容は全然覚えていないそうです。そうしていないとあれはもたないということを聞いたことがあります。

ですから、何といいましょうか、文化のパターンを最も包括的なかたちにあらわしているのは言語でありますから、この言語の構造の異質性は、どんなに外国語修得の技術が向上して、外国語に堪能な人が多く出ても、容易に超えられないと思います。人間がバベルの塔以来そういう条件の中で生きている以上、これはある意味でのりこえることのできない問題として残ると思う。そういうものだということを自覚したときに初めて、ほんとうのインターナショナルな理解が可能になってくる。完全に一致しないということをお互いが認め合えたときに、この理解は全く普遍的なものになり得るのじゃないかと思います。

以上が英語に関しての私のささやかな個人的感想であります。

大学と近代

——慶応義塾塾生のために——

講演日　一九六八年一二月一六日
主　催　慶応義塾大学百年祭記念委員会
会　場　日経ホール

I

私は二週間ほど前——正確にいうとまだ二週間にならないのですが——六週間ほどの外国旅行から帰ってきたばかりです。二週間前のいまぐらいの時間には香港と鹿児島湾の間を飛んでいたぐらいなのですけれども……いずれにしても帰りたてのホヤホヤであります。十一月のはじめごろでしたか、ちょっと用事がありまして、ニューヨークから東京の自宅に電話をかけました。そうすると家内が用件が済んだあとで、ところで慶応のストライキが終ったというのです。私はそれを聞きまして、天にも昇るかとばかり喜んだ。べつに学校から一銭も給料をもらっているわけではないし、諸君がどうなろうと私の知ったことではないのですが、それにもかかわらずよろこんだ。私は個人的には慶応義塾にいろいろ不満がある。現在の慶応義塾には非常に不満であります。私は、じつは東京を出る数日前に、新聞の原稿を書きだめていかなければならないので、ある新聞のコラムに激烈なことを書いたのです。ところがその原稿は幸か不幸かストライキが解決されてしまったために、時期に合わずということで掲載されなかった。原稿料はもらいましたけれど……。（笑）なにを書いたかというと、塾監局を占拠していた諸君がいる。この中にもいるかな、まあいないでしょうけれども……。塾監局を占拠していた諸君が件数にして何百何件、窃盗を働いた。このことに私は非常に腹を立てていた。しかもその大部分は法律科の学生であったという。実際に犯罪を犯して刑法を実習したつもりなのかもしれないけれど、塾監局職員の私物を多数盗んでいる。大体学生と塾監局職員というのはむかしから仲が悪いものです。私も一度大げんかをしたことがありますが、いくら仲が悪いからといって、どさくさにまぎれて、小はインスタントラーメンから――これは食べちゃったに違いないけれども――大は金品にいたるまでをどこかに持ち出していいということはない。許可を得ないで、他人の私物を一つの場所から他の場所へ移動させる、これを窃盗というのが世間の常識です。そういうことをやっている。私は過激派の諸君が塾監局を完全に破壊したいというなら、ある意味ではそれもおもしろかろうと思うものです。しかし破壊し、革命をおこそうというなら、彼らは徳を持っていなければいけない。西洋の革命家なら目的のために手段をえらばないマキャヴェリズムで革命をやってもいいかもしれない。福沢精神は功利主義だというけれど、福沢はまた士風を重んじた人です。われわれ東洋人は、

「徳を以て化す」者のみが真の指導者だと思っている。だから本気で革命をめざし、権力奪取をねらうつもりなら、そういうところでけちな窃盗をはたらいたということだけで、彼ら過激派はすでに革命家を失格している。革命家というのは革命を成就させた瞬間に権力者にならなければならない。この権力者は世の中を治めて行かなくてはならない。いままでの不平分子を全部引っ張っていって、なるほどと所を得さしめなければならない責務がある。それとひきかえに破壊行動を許されるというのが革命の最低の論理でもあり、倫理でもあるはずであります。にもかかわらずこそドロをやった。人のレインコートを盗んだり、ライターを盗んだり、金を盗んだりした。私は怒り心頭に発した。私は元来かんしゃく持ちでありまして、多少原稿がたまってくたびれていて、そのために不機嫌になっていたせいもありますけれども、ときのいきおいで激烈なことを書いた。もし今日福沢諭吉の亡霊が現れて、慶応義塾塾監局の前に立ったならば、彼は即日閉塾を宣言したにちがいない。福沢は居合の名人だったと『福翁自伝』の中で自慢している。本当の名人だったのか、たいしてできなかったのか実証した証拠はないようですが。人につけられるとさっと逃げるのがうまかったというのは確実です。これは私の好きなところで、私も臆病でありますから、だれかになぐられそうになったら早く逃げようといつでも思っているけれども、それはともかくとして、もしかりに福沢さんが自分でいうような居合の名人であるならば、籠城していた連中をざあっと並べておいて、抜く手も見せずに全部斬って捨てるだろう。そしてこんな慶応義塾は見るもけがらわしいといって、それこそ自分で爆薬を仕掛けて、塾監局を全部破壊してしまうかもしれない。事態はそこまできているということを私は書いた。これに対してストライキの収拾に立ち上った学生諸君、あるいはどんな立場にいたかしらないけれどもそれに同調した学生諸君は、この危機をおそらくサブコンシャスのところで感じていたのかもしれない。だからこそ立ち上ったのだろうと思うのです。しかし塾の当局者や教職員がたはどうでしょうか。中にはもちろんりっぱな方がたくさんおられますけれども、全体として、事態の深刻さをどの程度に認識しておられるのか、私は今日にいたるまではなはだ疑問とせざるを得ない。それぐらい憤慨していたわけでありますす。そしてその文章が出るのをじつは楽しみにしていたのです。そこで国際電話をかけたとき、「どうだ、出たか」といったら家内が出ないというんです。「こん畜生」と思ったら慶応義塾のストライキが収拾されたので出す必要がなくなったらしいという。私は憤慨しかけたのが今度は陽気になりまして、日本の前途は明るいと、こう思ったのです。諸君は笑っていますけれども、よく胸に手をあてて考えなさいよ。なぜかというと、ストライキが起きて、例によってこのごろのはやりのヘルメットとこん棒の諸君が占拠した。それをとにかくまがりなりにも自分たちの手で収拾することができたということは、諸君が非常に誇りとしてしかるべきことだからです。現在日本の大学でこれができたのは、私の知っているかぎりでは、東京医科歯科大学のほかはおそらく慶応だけでしょう。ということはどういうことか。

Ⅱ

大学の自治ということは、新聞、雑誌、ラジオ、テレビ、その他いたるところで論じられている。大学の自治を守るために機動隊を入れない。大学の自治を守るためになぐり合いをして血を流す。言い分は立場によっていろいろあるわけです。しかし実際の自治、みずからを治めるということができたのは諸君だけではないか。慶応義塾の塾生である、諸君だけではないか。諸君の中にどうしてそういう能力があるのか、不思議に思ったことはありませんか。そこが慶応義塾という学校の非常におもしろいところなのです。

私はある面からいうとこの学校の現状にはむしろ批判的であります。私をして反撥せしめるものの多い学校である。しかしある面からいうと、この慶応義塾という学校は、私にとって唯一の学校です。私は慶応義塾にわずか四年しか通わなかった。正味のところは二年ぐらいしかいってないいんじゃないかとすら思います。諸君もそうかどうかわからないけれども、あまり授業がつまらないから、しょっちゅうさぼっていた。英語でいうとクラス・カッティングというやつで、クラスをしょっちゅう切りきざんでいた。千切り大根をきざむようにきざんでいた。私はかならず出たクラスもあるけれども、仲間に電報で呼び寄せられて試験だけ受けてとおったクラスもある。それに加えて、私はいまでこそ頑健とまではいかないまでも、ろくに病気もしませんけれども、そのころは金欠病でもあり、かつほんとの病気でもあって、学校を休んでばかりいた。これは秘中の秘でありますけれども、大学二年のとき私はほとんど数週間しか学校へ行っていない。ほとんど一月と学校へ出ていないけれども、文学部の教授方が非常に話のわかる方々であって、高い授業料をもう一年納めさせるのはかわいそうだと思われたのか、こういうへんなやつがいつまでもいるのもうるさいと思われたのか、そこのところはよく知らないけれども、試験だけ受けさせてもらって及第させてもらったことがある。だから二年のときはじつは学校に行かなかったというにひとしいのです。にもかかわらず、ある面からいうと私はこの大学が非常に好きなのです。慶応義塾の悪口をいわれると、たいてい八割ぐらいあたっていることが多いのですけれども、「こん畜生」と思って、三十秒ぐらいこいつと一緒にめしなど食うものかというような気持になる。非常に屈折の激しい感情を私は持っている。だけれどもまじめな話、いま私が諸君だけが自治能力を実証したといったのは誇張でもなんでもない。現実の問題として諸君だけが騒動を自分の力で治めることができたというのは、これはどれだけ自慢にしてもし足りないぐらいです。ところが世間はどうですか。このことの意義を新聞は一行でも書きましたか。書かないでしょう。いまはみんな東大の騒ぎがどうなるかということを、半ば以上興味本位にかたずをのんで見守っている。これは新聞のスペースを大きく占領している。しかし、実際はこの報道は大体くだらないことの繰り返しであって、中でももっともくだらないのは、二派に分れてこん棒をふるう内ゲバのまん中に、なにも武装してない先生方が出ていって、ただだまってなぐられるということです。これはまったくどうかしている。私はそのうちにまたかんしゃくを起して、このばかばかしさについてもどこかへ書くかもしれないと思いますが、助教授の若いドイツ文学者がこの事件で一ヵ月半の重傷を負った。身体髪膚これを父母に受くという。あえて毀傷せざるは孝のはじめというのに、なぐられるにきまっているところへ出ていって、そういうばかなことをして学者の分が立ちますか。いったい自分の頭を守らない学者というのは不心得千万です。これは白状しますけれども、私などは知らない土地へ行って、自動車の交通が危ないときには、必ずおばあさんのそばについて横断歩道を渡る。おばあさんは自動車が警戒しますからそれだけ自分も安全だからです。私がひかれれば家族も飢えるし、仕事もできなくなる。それくらいからだというものは大切にしなければならないものなのです。それをなにも、世間が先生はなにしてるのかと、やいやいいうからといって、世間に見せるために出てきてなぐられることはないじゃないか。そういうばかなことがこのごろは枚挙にいとまがない。

　しかしその中で自治を完遂し得た大学のことをなぜ世間は評価しないのか。そこに慶応義塾というものの現代の日本の社会における特別な地位がある。諸君の中にはお金持ちの息子さんやお嬢さんがいるかもしれない。そうじゃない人もいるでしょう。これは実際に調査してみないとわかりませんが、今日の慶応義塾大学——大学以外はべつですけれど——が戦前の松竹映画のイメージにおけるような金持ち学校であるとは少しも考えられない。現に私はただのサラリーマンの息子で、金がなくて困った覚えがあります。ですけれども、それにもかかわらず慶応義塾という学校は、日本の大学の中で、実質のある近代を所有し得ているほとんど唯一の学校だといってもいい。だからこそ近代的な自治の様式が実質感を持って機能し得る。諸君は、経済的な面はともかくとして、この近代ということに関するかぎり相当恵まれた環境からきている人が多いのです。かならずしもそうではない人でも、そういう交友関係の中におかれているうちに、近代の論理をある実質を持って味うことができるようになった人が多い。しかし一方日本人のあいだでは、近代を所有している人間に対する嫉妬が想像以上に強い。なぜなら日本の近代史というものは、これは少し我田引水すれば福沢諭吉が基調を設定した歴史だからです。いかにして近代を所有するかということを必死になってやってきたのが日本の近代史です。なぜ近代を所有しなければならなかったか。もし近代の実質を所有していなければ、日本の政治的独立と文化的自立性が失われるという危機に、ペリーの来航以来百十五年このかた見舞われ続けに見舞われているからでしょう。だからこそ近代を手中にし得たものは安全圏に入ったものだと考える価値観を日本人は持つようになったのです。近代を実質的に所有することが、日本人が生きのびるためのいちばん大事な要件であるということにいち早く気がつき、それを精力的に説き、学校をつくってそういう思想を通過した人間をつくり出し、今日のようにいい会社に就職できればいいと思っているような、そういう志の低い人間ではなくて、日本国家そのものを、そういう人間によって支えさせようというどえらいことを考えたのはだれですか。福沢諭吉という人でしょう。私はこういうところで福沢先生なんてキザなことをいいたくない。私はやはり生身の人として会った人じゃないと先生という気がしない。それなら私より年が下の人でも先生と呼ぶかもしれない。しかし福沢という人は私にとってはあくまでも歴史的人物ですから、福沢と呼びつけにする。そのほうがリアリティがあるし、そう呼んだほうが私にとって身近に感じられる。私は慶応にはいるまでは福沢という人が好きでもなんでもなかった。しかし慶応へはいるとなると福沢先生の本を読まなければならない。そのころは口頭試問がありましたから、口頭試問でいろいろ福沢精神について聞かれるという。大体福沢精神という言葉を聞くと、もうジンマシンができてこのへんがかゆくなってくる。それくらいな気持だったのです。ところが必要にせまられて、やっぱり大学へはいりたい一心で勉強しているうちに好きになって来た。そのときの本を持ってきたんですが、これは慶応通信社発行のもので、当時の値段で八十円の『学問のすすめ』です。これと『福翁自伝』と二冊読んだ。いまでもそのときつけたマークがそのままのこっています。「一身の自由を一国の独立との関連において問うということに注意」なんて書いてある。だからずいぶんよく勉強した。これを読んでいるうちに、私はなんだか福沢という人が大変好きになってしまった。そうして慶応にはいったわけです。

慶応にはいっても、日吉というところがじつに陰惨なところでかなわなかった。外面的には湘南地方で明るくてなんとなくいいんですけれど、学問の府という感じがまったくない。その上私のころは、まだあそこに今日のようなりっぱな校舎はなにも建っていなかった。米軍払い下げのかまぼこ兵舎というのが、そのまま教室に転用されている。その教室は大体語学の授業につかわれていましたが一クラス七十人ぐらいいるうち授業を受けるつもりで来ているのは二十人ぐらい、文学部というのは大体そういうところだった。いまでもそうかもしれません。先生もじつにつまらなそうに授業をされる方が多かった。先生が英語のテクストをお読みになっておあてになると、女子学生は大体できるけれど男はできない。雨が降るとかまぼこ兵舎ですから上がトタン張りであります。しのつくような雨が降るとパラパラパラパラ機関銃のような音がして、先生の声はなにもきこえない。口だけが動いている。日吉というのはそういうところで、内面的にはじつに陰惨きまわりないものだった。これが大学かと思うと、じつにいやな感じがした。それにくらべると、今日諸君はりっぱな建物の中で、マイクロフォンつきの授業で勉強している。少くとも雨が降ってもそのために先生の声がきこえないということはないでしょう。しかし、日吉のあの内面的な陰惨さが改善されたかどうかについては、私は深刻なうたがいを持っています。

Ⅲ

日吉にいるときはそんな状態でうつうつとしていました。べつにストライキも起らないし、そのころはやっていないから角材をふりまわすわけにもいかない。二年になって三田に行って少しほっとした。三田に演説館というのがある。演説館というのは、なにか非常に尊いようにいわれているので、私は本能的に反撥して見に行きませんでした。ある日なにかのかげんでそばを通りかかったところが、たまたま扉が開いていたんです。中にはだれもいない。なんだかきたならしい、田舎のお蔵を少し大きくしたような建物であります。ふっと見たら正面に着流しで腕を組んで立っている、なんか少し小生意気な顔をした男の肖像画がかかっている。よく見るとその顔はわれわれがいやでも覚えなければならない福沢諭吉さんの顔なんです。その顔を私は二分ぐらい見ていたものです。そのうちに、ある自然な感動が湧き上って来た。豊前中津藩の下級武士で、大坂の緒方塾というところで蘭学を勉強して、江戸へ出てきて幕臣になった。幕末の混乱期に慶応義塾をつくり、思想家・教育家として偉くなったのですけれども、侍あがりの男がまるで呉服屋の番頭のような格好をして、大小もさしていない、袴も着けない。そのくせなんとなく傲岸不遜な顔をして、やや横顔を見せて、腕組みをして立っている。その風貌はじつに深い感動をよぶのです。福沢がもし生きていて、そこに立っていれば、私は即座に入門を乞うたにちがいないような魅力的な人間なのです。今日の慶応義塾の中を鉦や太鼓でさがしてもめったに見られない、ほとんどいないと断言してもいいような人間がそこにいた。じつに皮肉な話だと思いました。私が福沢という思想家に対して義務的以上の興味を持ち出したのはそのときからであります。

べつに私は福沢学をやろうと思ったわけではないけれども、いろいろ読んでみると、「福沢論」としておもしろかったのは、やはり丸山真男さんの書いた「福沢論」で、慶応義塾関係者が書いた「福沢論」ではなかった。福沢先生は云々、福沢先生は云々というあれはむしろ退屈でした。だけれども塾外の、東大の丸山さんがまだ助教授時代に書いた「福沢論」は非常におもしろかった。福沢という人がどんな人であったかということがよく書いてある。もちろん丸山さんの悪い癖で、福沢の限界はここにあるというようなことを書いてある。しかし、限界を云々するのは学者にまかせておけばよろしい。大体限界のない人間はいないのですから、私は福沢に限界があろうがなかろうが、そんなことに興味はない。福沢は神様ではない。したがって私は、限界があろうがなかろうが、福沢という人が丸山さんの筆によって、一人の生きた人間としてよみがえらされていることに興味を抱いた。そしてそれと自分の福沢を読んだ印象とつき合わせていくことは、私にとって刺激的な仕事であった。ちょうどそのころ、一人の塾生が、三田のまぼろしの門の下のところにある床屋で事件をおこした。あの床屋さんは慶応の学生がお得意ですから、福沢さんの肖像がちゃんと掛けてある。床屋さんにしてみれば福沢さんは神様にして祭りたいぐらいでしょう。福沢神社でも建てて、ご縁日というと、手拭いでも配りたいような気持にちがいない。あそこにいればだまっていたって慶応の塾生がやって来て、商売が成り立つ。私はその床屋さんの気持がよくわかる。私が床屋の職人だったらやはり同じようにしたにちがいないから、それをべつになにも批判することはない。しかしある日その床屋で、一人の塾生が散髪をしていた。そしてその福沢さんの肖像を見て、隣にいた友達に「福沢というのは小沢栄太郎に似ているなあ」と、こういったのです。ところがそのとき、たまたまこの床屋にある教授が来ておられて、その塾生の言動が不謹慎であるということで問題にされた。この塾生は、その後退学になったのか停学になったのか忘れてしまいましたけれども、そういう事件があった。この事件は塾内外でいろいろ話題になりました。先生方はもちろんけしからんと思っておられたのでしょう。先輩の塾員も、このごろの学生はなんていうことだと思った人が多かったに違いない。しかし私のひそかな感じ方は、もういまいってもべつに放校になる心配はないからいいますけれども、いったい福沢が小沢栄太郎に似ているといってなにが悪いんだろうというものだったのです。もちろんその塾生は、よほど態度がよくなかったのでしょう。だからこそその場にいあわせた教授も憤慨されたのだろうし、厳しい処分がおこなわれたものだろうと思います。だが、それはそれとして、そういう状況を全部捨象してしまえば、福沢さんの顔がある新劇の俳優に似ているといったのがなぜそれほど悪いのか、私にはよくわからない。なぜそういう事実を指摘してはいけないのだろうか。

それから慶応義塾にはじつに稚気愛すべき習慣がある。私はなにもそういうことにめくじら立てていうつもりは少しもないのだけれども、福沢先生のお墓にお参りすると試験が受かるというおまじない的習慣があって、普通部や幼稚舎の小さい子たちの間ではおこなわれている。これはほほえましいことでもありますけれども、よく考えるとやはり少しおかしいのです。偉大な思想家や芸術家、あるいは学者が死ぬと、日本だけじゃなくて、世界のどこでも多少とも神様扱いされるようです。川端神社というのはできないでしょうけれども、湯川神社というのはできかかったことがある。アメリカに行きますとジョージ・ワシントンの泊った家というのがあって、それを全部あわせると生れたときから死ぬまで毎日泊っていてもまだ泊りきれないほどになるという笑い話があります。そういうことはありますが、試験が受かるようにといって、福沢先生のお墓参りに行くというのは、これはどうもおかしいんですね。福沢精神に反している。神に祭るというか、そういうふうに苦しいときの神頼みの対象に、福沢先生が扱われるというのは、じつに皮肉な話です。独立自尊の精神におよそ反している。そういうこっけいな矛盾が、現在の慶応義塾に少からずある。そういうことに私は反撥していたのです。それをいい出したらきりがないけれども、結局つづめていえばどういうことになるかというと、私は要するに現在の慶応義塾の二代目性というものが気にいらないのです。つまり既得権によりかかり、既得権を少しずつ食いつぶしていけば、まあまあ大過なく過して行けるだろうという安易な態度が気にいらない。そんな福沢精神がどこにありますか。福沢という人は一体そんな気持でこの学校をはじめたのですか。

Ⅳ

上野の山の戦争というのは、彰義隊の戦争です。官軍の大村益次郎がアームストロング砲というのをすえつけて、ボカンボカンとやって、やっと平定した江戸の内乱、戊辰の役の一こまです。そのころ三田の慶応義塾で、福沢はウエイランドの経済学を講義していた。だから諸君はだまって勉強しなさいという論理がある。これは慶応義塾のひとつのさわりであります。私も大好きなさわりです。本当にそこいらへんで、市街戦でもはじまって、革命にでもなったら、私はウエイランドの経済学じゃないけれども、シェークスピアのソネットでも一所懸命字引きを引きながら読もうかと思っているぐらいです。しかしそれではなぜ福沢はそんなことをやったか。彼はもうけようと思って学校をはじめたわけではない。これから洋学をやればあたるだろうと思ったからでもない。要するに誰かがやらなければならないと思ってはじめたのです。非常に不利な条件のなかではじめた。当時の学生はいまの学生と同じで、みんな血気にはやる若者ですから、遠くのほうでアームストロング砲の音がすれば血がさわぐに決っている。福沢は幕臣だし、現にその幕臣の中の三派全学連みたいな連中が集って、長州や薩摩の芋侍に負けてたまるかといって戦さをやりはじめた。そこへ刀をひっさげてとびこんだやつがたくさんいる。つまり歴史に参加したい連中が多々いるわけです。その歴史がどっちをむいているかはべつとして、とにかく歴史に参加し、行動したいと思っている青年が多数いる。諸君と同じであります。それにもかかわらず福沢は待てといってウエイランドの経済学を講読した。袴をはいたり刀を差したりすると、斬り合いになってあぶないから、自分から袴を脱いじゃって町人姿になる。なぜそんなことをするか。というのは、福沢が彼らをそこへつなぎとめておかなければならないという必要を熟知していたからです。彼が魅力的な講義をしたことはいうまでもない。この経済学というものは、今日の高度に専門化した経済学ではない。経済という言葉自体、福沢がつくり出した言葉で、経世済民という言葉から出ている。世の中を治めて、民を済度する。それが経済学です。つまり統治するための儒学にかわる新しい学問。当時はそれを、ポリティカル・エコノミイとか、エコノミイ・ポリティクとかいったのです。近代的なアドミニストレーションの根本原理としての経済学というものを彼はなんとかして啓蒙しようとした。この学問のほうが上野の戦争より意味がある。あすこでボンボカボンボカやっているのは、あれはじつはイリュージョンで、こっちがリアリティだという確信が彼にはあった。この主張を身をもって示したからこそ学生は戦争に行きたくてしようがないけれども、先生の訳読を一ページでもよけいに聞こうと思った。それを聞くことが、日本の文化的、政治的独立に寄与すると信じられたからこそ、勉強した。彼らは使命感を持っていた。その使命感は義塾に学ぶことによってしか達成できないと思ったから学問をしたんです。今日だって根本的な原理は少しも変っていない。諸君はなにもどこどこ株式会社へ勤めて初任給何万円をもらうためにだけ学校へきているわけではない。それも必要だし、それがなければ困ることはわかっている。まず自分のことを自分で治められないやつはそれだけ他人に迷惑をかけるのですから、それはまず必要条件でしょう。しかしそれだけで満足するために学問をしているわけではない。もっと高い目的のために学問をしているのだろうと思います。いずれにしても現実に福沢がそのなかで生きたアクチュアルな、歴史的なコンテクストを切り捨てて福沢精神を説いたって、そんなことはナンセンスです。だから福沢精神を今日に生かそうというなら、福沢が現在生きていたらなにをやるだろうかというところへ、戻して考えてみなければならない。その上で福沢諭吉の精神を考えてみなけりゃいけない。それをやらないで、なんだかもっともらしいことばかりいうから、だれも福沢という人をまじめに考えなくなるのです。そのために現在われわれが直面している問題についても、二代目的にまあまあ大過なくやればいいじゃないかというだらけた態度、そして三代目がつぶすのを待っているような状態、そういう状態におちいってしまう。

当時福沢はそれだけの危機感と使命感と野心とを持っていた。もちろん福沢にも権力欲はあった。権力欲は十二分にあった。権力欲すらないような人間が、どうして私立学校を興せますか。理想だけを実現するために、人間が生きていると思うようなおめでたいやつがいたら、そんなのはすぐ死んじまったほうがいい。理想と野心は、必ず光と影のようにない合わされている。福沢という人が、単に石鹼で洗い流したような近代化の理想だけを説いていたと思ったら大まちがいです。福沢はパワー・ストラッグルのまん中にいたのです。日本の歴史というものを、なんとなくするするベルトコンヴェアーに乗っかって、時間が過ぎてきたものだというふうに考えるのは大まちがいです。現在に分裂の危機があるのと同じように、明治の四十五年間をとってみても、日本という国はいつまた薩長側と幕臣側に割れるかわからない、あぶない瀬戸際ばかりを歩いてきた。その中で、幕臣であり、近代的な知識をいち早く身につけて、世の中へ出ていくような弟子をたくさん持っている福沢という人間が、ひとつの権力の拠点にならないはずはありません。これは悪でも善でもない。当然のことなのです。福沢はのちに勝海舟が新政府に仕官して、海軍卿になったり、伯爵になったり、枢密顧問官になったりしたことを、『瘠我慢の説』というのを書いて痛烈に攻撃した。丸山真男さんは、ああいうところに福沢の烈々たる三河武士の意気があらわれているということを高く評価して、勝より福沢が偉いというのですけれども、私はどっちが偉いというふうに考えるのはまちがいだと思うのです。これはパワーに直接参画した人間と、そうでない人間とのちがいです。福沢はなるほど政権には直接参与しなかったけれども、政治的な影響力をあたえなかったとはいえない。明治十四年の政変で、福沢の政治上の同盟者であり、いわば政界に福沢が送った大使ともいうべき人物であった大隈重信が、長州の伊藤博文と井上馨の二人の陰謀によって、北海道開拓使問題をきっかけにして政府から追い出されてしまうということがあった。政府といってもこれはまだ太政官政府です。近代的な内閣制度ができる前の政府です。この政変は、慶応義塾および福沢にとっても大事件であった。

というのは、それまで慶応義塾は官界に新進を送りこむ教育機関だったからです。当時の日本の政府、権力中枢は、諸君の中での古典的マルクス主義者がいうような、でき上った強権でもなんでもない。ちょっとさわればすぐこわれてしまいそうな、脆弱をきわめた政府です。まるで諸君が試験の前にやるように、一夜づけで勉強しながら近代国家というものを一所懸命つくりつつあった幼い政府です。建設途上にある、極東の、世界中から顧みられることのない小さな島国の政府、その政府を、しかし偉大な気概を持って運用しつつあった官僚、まだ官僚制度の確立されてないころ、新しい知識を持った官僚を送り込んでいたのはどこの学校か、慶応義塾以外のなにものでもない。あとはみな各藩の留学生として外国へ行って勉強してきたような連中で、日本国内で自家製できたのは慶応義塾の塾生、つまり福沢門下の連中だけだったのです。福沢は、じつは非常に巧妙な過程で権力を操作した。教育して優秀な弟子を養成し、その弟子を官界、政界に送り込むことによって、薩長に対する一大批判勢力をつくり、現実と権力のプロセスに参画していこうとする。その事業遂行のパートナーとしての大隈――のちに早稲田を建てた――という人を選んだのです。改進党という政党は、福沢がモラル・バック・ボーンとなり、大隈が推進者となってできた政党であります。それは板垣退助のフランス流の急進的自由主義と対照的に、イギリス流の議会制民主主義を、最初に日本に移植しようと試みた政党です。その点からしてすでに、福沢や大隈の代表している価値というのは、いちばん成熟した近代的な価値であり、彼らの目的がそれを日本に根づかせることであったのは疑いもないことです。しかし明治十四年の政変以後、福沢は政界への足がかりを失ってしまった。それでも福沢門下は、まだ明治三十年代になっても政界で活躍した人々が多い。そのころまでは、日本の官僚制度、高等文官任用試験というものが、まだ完全に確立していない。明治三十一年に大隈ははじめて板垣退助との連立内閣をつくりますけれども、このときはちょうどいまのアメリカの大統領選挙のあとみたいなことがおこった。アメリカでは、たとえば今度のように民主党が負けると民主党系の高級官僚が全部やめて、共和党系の高級官僚がテイクオーバーする。これは官僚として育てられた人々ではなくて、新聞社にいたり大学にいたり、あるいは会社の社長や重役をしている人が官僚になるわけです。現在の日本とか、イギリスやフランスのような官僚組織の発達してしまった国ではこういうことは起り得ないけれども、アメリカとか明治の日本のような官僚組織の未発達の国ではこういうことが起り得る。したがって、隈板内閣の成立をきっかけにして、明治三十年代にも三田の勢力の復活があった。そういう事実をみてもわかるように、福沢の理想というのは、自分の手で養成した新しい近代的な論理のにない手、論理だけではなくて実行力のある人々、なんにもないところからはじめて、死に物狂いの努力をして、この日本の危機を乗り切ろうという、そういう門下生によって彼の影響力を日本全体に及ぼし、それによって日本という国を望ましい近代国家として成立させようとするものだった。これはある意味では総理大臣に三年ぐらいなるよりは、はるかに巨大な権力意志の発現であります。

教育というものはある意味では非常にいやらしいものです。一人の人間が他の人間に影響力を与えるというのはこれは非常にいやらしい。ある意味ではわいせつな関係です。しかしこのわいせつな関係を堂々と展開できるのが大教育家であって、大教育家の中には必ず強烈なエゴがある。福沢にもそういうエゴがある。しかし彼は単なるエゴの充足のためにやったのではなくて、エゴを越えた、彼自身の目に映じた近代史の中に日本を位置づけようという目的のために教育をおこなったのです。まさに今昔の感にたえないとはこのことではないですか。それが建学の精神です。それにくらべればいまは二代目的で、なんとなく上品で、べつに可もなく不可もない。徹底しない、まあいいかげんなところでやめておこうという雰囲気です。ストライキでも、慶応だからいいかげんなところでやめたんだという世間の評判がおこったりする。これはもとより見当ちがいの批評です。だけれども諸君が例外的にりっぱな収拾ぶりを示してくれたあとで、なおかつそういう意見が起るのは、ふだんの行いがそういう印象をあたえているからです。それは自分自身を考えてもそう思う。私は、さっきから慶応にいろいろ反撥したという話をしましたけれど、世間の目からみると、これでもやっぱり慶応ボーイ以外のなにものでもないように見えるらしい。つまり、どこか抜けていて、いわれもなく近代を誇示しているかのようにみえるらしいのです。だから「建学の精神とこれからの大学」ということを考えるときに、福沢という人をそういうふうに現実の歴史過程のなかに生かして考えてみなければいけない。そうしないとなんのことだかわからないのです。

今日東京大学の問題があれほど大きく取り上げられている。浪人がデモをやって、デモをやった浪人をまた別な浪人が妨害して、それをまたもう入学しちゃった学生が見ている。じつになんともいえないこっけいな光景であります。私に喜劇作者の才能があれば、一幕の喜劇を書いて、つまらない話の代りにお目にかけたいぐらいです。東大という学校に関する日本人の隠微な感情を期せずして物語っているわけですけれども、東大が今日それほどニュース・ヴァリューのある学校になってしまったというのは動かしがたい事実です。しかし明治十四年はおろか、もっとのちまでも東大の目標は慶応義塾に追いつき追い越そうということだった。つまり、福沢という、在野の思想家、もしカッとなって煽動しだしたら、たいへんな批判勢力をつくりあげてしまうかもしれないほど影響力のある人間。さいわいなことに穏健なイギリス流の議会主義を説いているから、まあまあ大目に見てやるけれども、あれがもしほんきで煽動し出したら、それこそ革命が起るかもしれないとすら思っていた政府当局者が、彼らも明敏でありますから、慶応義塾にだけ近代的な学問というものを、近代の論理というものを独占させておくことはない、国家自身の手で近代的な学校をつくるべきであるといって、国家予算を傾注してつくりあげたのが東京大学という学校です。慶応義塾は慶応義塾という名前のとおりに、すでに上野の戦争のときにはもう授業をしていた。しかし東京大学という学校ができたのは明治十年です。その前は東京開成学校といったのです。それが東京帝国大学という名前に変ったのは明治十九年の一月です。遅ればせながら政府は、東京大学を中心にして、国家の予算と権力を傾注して近代的な学問の府をつくりあげた。これは一種の統治技術者養成所です。そしてその卒業生を高級官僚に育てあげて、日本帝国というものを少しずつつくっていった。このような政府の教育近代化の起爆剤になったのは慶応義塾です。歴史的ないきがかりですべてを説明することはできないけれども、この関係は、現在でも生きているのです。だから慶応義塾がこれだけみんなのんびりしていて、不徹底で二代目的にのほほんとしているにもかかわらず、世間からは東京大学という、日本国家が全力を傾注してつくってきた大学にチャレンジし得る大学だと思われている。慶応義塾はそういうプレステージをいまでも持っている。それはやはり福沢さんが貧乏したり、金繰りに苦しんだりしながら、あるいはいろいろ金もうけをして、その金をつぎ込みながら、営々として、ひとつのチャンピオンであるという意識に燃えて諸君の先輩たちといっしょにやってきた遺産がまだどこかにのこっている。古川に水絶えずというけれど、その水がまだどこかにチョロチョロ流れている。そのチョロチョロ流れている水から、不思議な雰囲気のようなものが、あのほとんど荒廃したといってもいい三田の山あたりになんとなくほのかに漂っている。その中を二年間なんとなく歩いていると、——べつにそこでなにを勉強しなくても——諸君はやはりどこかにその雰囲気を身につけて、実質的な近代をいくぶんかは体得した人間になって卒業して行く。諸君はこれから生存していくために、この日本における激甚な生存競争の中でなんとか生き延びていくために、第一歩からして比較的有利なところからはじめることができている。それはすべて初代が偉かったからです。

V

私がアメリカから帰ってきたのは昭和三十九年の秋ですが、四十年のはじめに例の八日間のストライキというのがあった。あのときの世間の反応のしかた、これも諸君はある屈辱感と憤懣をもってよく覚えておいたほうがいい。諸君はその当事者かどうかしらないけれども、慶応ですらストをやったというので、ニュースになったのです。犬が人間にかみついてもニュースにならない。しかし人間が犬にかみつくとニュースになるという原則がある。ほかの大学がストライキをやるといっても、あまり人は驚かない。しかし慶応義塾がはじめてストライキをやったとき、みんなは無責任にもたいへん喜んだ。それは人間が犬にかみついたと思ったからです。過大評価されているのか過小評価されているのかしらないけれども、そういう目でみられているということは、これは諸君はいまのうちから胆に銘じておいたほうがいい。かりに諸君が共産党になろうがアナーキストになろうが、あるいはテロリストになろうが、ああ、あれは共産党の慶応ボーイだと、こういうふうにいわれる。慶応出のアナーキスト、慶応出の共産党、慶応出のテロリスト、なんでもいいけれども、まあテロリストなどよりもうちょっとましなものになってもらいたい。要するに慶応出ということはいつまでもついてまわる。慶応出の共産党というと、世間は人間が犬にかみついたように思う。そのぶんだけ野坂参三氏の票がたくさんはいるんです。とにかくそういうふうにみられている。にもかかわらず諸君は四年前にストライキをやり、今日またストライキをやりかけている。なぜやりかけたかというと、これは諸君がもう明らかに三代目のジェネレーションに突入しているからだと思う。慶応義塾百年祭を終えたあとは――私のいたころはまだ百年祭より前ですけれども――塾はもう三代目に突入している。この三代目は幸か不幸か非常にいじらしい三代目であるらしい。むかしは「売家と唐《から》様《よう》で書く三代目」といったものです。初代がもうける。これは商人の話ですけれども、もうけて一所懸命蓄財をする。二代目はこれを適当にふわふわとつかって、商売を小心翼々と守る。徹底して遊ぶこともできず、のばすこともできず、適当に少し減らす。三代目になるとこれはもう文化的になっていますから、ぱあっと散財して遊蕩にふけり、気がついてみたら家を売らなければならなくなっている。ところがそのとき文化、教養が身についているから字だけはうまくなっている。唐様で書くというのは、中国風の書で書くという意味です。初代は金釘流の字を書いた。二代目はまあ読める字を書く。三代目になると教養のほうだけは唐様になっているが、その教養を彼は売家という字を書くのにしか使えなくなっている、というのがこの川柳の意義です。しかし諸君は三代目でも、字はおそらくむかしより下手になっているでしょう。唐様どころか、英語の実力だってあやしいものかもしれない。これは慶応義塾も悪いんだけれども、諸君はそれにしてもいじらしいところがあると思うのです。いじらしいというのは、このままじゃたいへんだという気持が、やはり諸君の中にあるということです。日吉にはいったときから、こんなものが大学かという気持をみんなが持っている。これはべつに慶応だけが悪いんじゃない。全国的に悪いんです。私の親類の者で、東大の教養学科を出て外務省にはいったのがいますけれども、外務省にはいってからイギリスのケンブリッジ大学に留学を仰せつけられた。これは外務省の方針で、大学院にいって特殊な研究をしてもなんにもならないから、学士入学してもう一回B・Aを、バチェラー・オブ・アーツをとる、つまりむこうのふつうの学生と同じレベルからはじめて、他流試合をまともにやってこいという命令を受ける。これは二年ですむんですけれども、その男はその後専門的な勉強までして四年間ケンブリッジにいた。その男がつくづく述懐していうには、イギリスに行ってケンブリッジ大学にはいって、はじめて大学というものはこういうものかと納得がいった。東大に四年いて、つまらなくてつまらなくてしようがなくて、いつやめようかと思っていた。よっぽどやめて商売でもはじめようかと思ったけれども、決心がつかぬままなんとなく通っていた。とはいっても法学部にはいきたくなかったから、駒場にいたらこういうことになっちゃったんだけれども、イギリスに行ってはじめて大学にいったような気がしたといっていました。それを聞いて私も少し安心しまして、私だけが大学へはいって幻滅したわけじゃないということがわかりましたけれども、とにかく諸君はこれじゃ困ると思っている。それから二代目的な慶応義塾特有の現実回避、つまり慶応というのは恵まれた学校なんだというような見方、先輩のいいのが実業界にいるから就職は大丈夫だという依頼心、福沢先生、福沢先生といっていれば万事解決というオプティミズム、さらには官学の人たちは田舎秀才だからねえ、こっちは都会的なんだからというような軽薄な自己満足、こういうことに諸君はいらだっている。諸君は現実がもっと悪いことを知っている。なにしろ諸君は高い金を払って悪い状態を買っているんだから、これはもう知っていなきゃおかしい。このいらだちですね、こんなはずであってはならないというというらだち。三代目である諸君の心あるものは、このいらだちによって生きている。父親のほうはまだ危機感がない。父親はまだたたきあげた自分の父親のことを覚えているから、危機感がない。ところがその父親の現状認識より現実がはるかに悪いということを、三代目である諸君は知っている。それが政治的な煽動に利用されれば火がつくのもあたりまえなのです。私が悪いやつなら、諸君を煽動して、これからすぐ塾監局を襲えといって、塾監局に火をつけさせることぐらいたやすいことです。ぼくがもしそういうふうに悪いやつなら……。ところがぼくは幸か不幸か悪いやつではないから、諸君の気持を思いやって、いかに現状は深刻なものであるかということをいっているにすぎない。そんなことを私がいうまでもない。諸君がよく知っていることです。しかしですね、諸君。こういう悪い状態というのはじつはチャンスなんですよ。福沢はなぜ上野の戦争の弾がぼんぼん飛んでくる——三田まではとてもそのころの大砲の弾丸は飛んでこないけれども——比喩的にいえば飛んできかねまじき状態の中で、ウエイランドの経済学を読んだか。それは彼がやはりチャンスを感じていたからです。福沢という人は「時事新報」をつくったことからもわかるように、ジャーナリスティックなセンスのある人だった。彼は本質的に現在なにが大事かということをよく知っていた。私は三十五にすぎないから、人生について知ったようなことをいう資格はないけれども、それでも諸君よりは少し長いこと生きているから、諸君より多少は甲羅を経ている。私はジャーナリズムの世界で暮している人間ですから、まあ激しい生活をしている。その中で直感的に、肌で感じて知っていることはなにかというと、状態の悪いときはチャンスだということです。状態の悪いときじたばたしないで、本質的なことをにぎりしめてしゃにむにやる。大きな、ひとつの作品といえるような仕事を敢行する。そうしているうちに気がついたときには非常に状態がよくなっている。そういうものなのです。いま全国的に大学がこれだけ荒れている。そこでぼくは、諸君を今度はいい意味で煽動する。いまは慶応義塾にとって千載一遇のチャンスであります。もし塾当局に福沢諭吉が出ないなら、諸君の一人一人が福沢諭吉になったらどうですか。そして塾の当局と卒業生にこういうことを提案したらいい。

VI

福沢先生は「文学」ということを非常に軽蔑した。私は文学者ですが、これはある意味で大変正しいと思うのです。この「文学」というのは、和歌、俳諧の道、それから唐様《からよう》で書くような文学、そういうものを軽蔑した。そして先生は実学ということをいった。物事は金がなければ動かないと福沢先生はいった。これは真理であります。金がなけりゃ現状はどうにもならない。しかしこのお金というものを、筋の通らないところからもらってきちゃいけないと、こういっている。つまりお上とか、国家権力とか、そういうところからお金をもらってくるのはよくない。私立で、自分の足で歩きまわって、自分の才覚でお金を集める。そうしてこそ近代国家というものが立派に立ち行くんだと福沢さんはいってます。諸君も福沢諭吉になったつもりで、諸君にも得のいくように金を集めることを塾当局に提案したらどうだろう。いま塾員は十万人いる。十万人いる塾員の一人々々が、もし十万円ずつ金を出したとするといくら金が集ると思いますか。百億円集る。わずか百億円しか集らないけれども、これを人件費に使わないで、学問、教育および研究の資に役立てるようにすればたいへんな成果があがる。今年の塾の予算がいくらですか、収支七十数億円でしょう。山口財務理事が苦心惨憺されて、わずか数万円だか数十万円だかの、名目上の黒字をつくり出された。これは戦後はじめての黒字であります。それぐらいわが義塾の財政は悪いのです。こういう私学の現状に対する解決策として、新聞、雑誌等がいい立てることはなんですか。国庫補助の増額でしょう。なんたるだらしのないことですか。国家は私立大学を過去百年の間、一度たりとも積極的に援助しようと思ったことはないのです。国家は私立大学を一つ残さずつぶすことを望んでいるのではないかとさえ思われる。なぜなら私立大学は、歴史的に明治の反政府運動の拠点であり、かりに初期の慶応のように官僚養成所であった時代もあるけれども、その官僚は藩閥にではなくて、近代国家に対して忠誠を誓うような官僚ばかりだった。そういう厄介なものはつぶしてしまえというのが一貫した国策だったともいえる。話を脱線させれば、今日国立大学の教員で、国立大学、あるいは国家権力を批判する人々がある。あれはじつにけしからんと思う。批判することがけしからんのではなくて、国家の禄を食《は》みながらああいうことをするのがけしからんのです。福沢のように野に下って、四畳半一間でもいいから、そこにゲバルトばかり集めて、昭和義塾でも造反義塾でも勝手にやればよい。そうすれば、日本で私立学校をやるということが、どれほど大変なものかということがもう少しよくわかるにちがいありません。現実の国策は、少くとも今日までは私立大学というものは大学卒業の名目だけを与える場所であればいいというものであって、私立大学を真剣に高等教育機関に育てようと努力したことはないのです。ですから諸君が国に頼るなんていうのは、とんでもない話です。泥棒のところへいって金を貸してくれというようなものです。そういう情ないことを諸君はいい出しちゃいけない。国家権力に頼ろうというサイコロジーの中には一種の敗戦心理がある。どうせ自分たちは東大にはいれなくて慶応へはいったんだから、慶応が国立大学になれば東大と同じになるかもしれないという、こういう卑屈な考え方がどこかにひそんでいる。それはとんでもないまちがいです。もしそれが敗戦だったら、敗戦を直視し、堂々と引受けなければいけない。現実はあくまで直視すべきであって、回避すべきではない。いったん慶応義塾にはいって慶応義塾を卒業する以上は、諸君はアナーキストになろうがテロリストになろうが共産党になろうが、塾員としてしかみられない。その冷厳な社会の風あたりをよく知っているなら、自分の手で金を集める運動をおこす以外にないわけです。自分の手で金を集めて、慶応を大学らしい大学にする。百億円の金を最初のファンドにして、独自の、新しい時代の、つまり二十一世紀の大学はかくあるべきであるという大学を、われわれがつくらなければいけない。それは塾当局も考えなければならないし、諸君も具体的に、建設的に提案しなければならない。語学の授業というものは、大体何人ぐらいまでが能率が上るとか、自分は実際こういうふうになりたいとか。慶応義塾はなにも実業界にだけはいらなけりゃならないということはないのであって、役人になりたい人がおればなればいい。なんにでもなればいい。土方になりたい人はなればいい、自分の好きなようなものになりたいから、先生こういうコースをつくってくださいというようなことをいうのは非常にけっこうです。そのためにはまず金がないと話がこじれる。百億円ぐらいの金はすぐ集りますから——ほんとに集りますよ、ぼくもいい出した以上出版社に借金して十万円ぐらい出します。諸君は真剣に提案すべきだと思うのです。たとえば今度の騒動のきっかけになった八百六十万円ぐらいの研究費についても、米軍の金をもらわないというのはいいでしょう。日本もこれだけ成長したのですから、いつまでもアメリカに頼っているという心理は非常によくない。それを返すことにするというのは、けっこうなことです。しかし、そのときわずか年間八百六十万ぐらいの金ですから、なぜ塾員に寄付を募《つの》らなかったかが私にはわからない。塾員から寄付を募って、その教室の大切な研究を継続させることを、塾当局が公表する。そして研究自体の非政治性、非軍事性を明らかにしながら、いわれのない軍事研究だという批難にこたえる。米軍の力を借りず、慶応義塾の中でみんなで守り立てて基礎的な研究を継続させるという、そういう建設的な方向づけがあのとき行われてもよかった。そういう配慮がもしあれば、あれほどこじれないさきによりすっきりした形で、問題は解決したのではないかと思います。だから私は、きょうここに塾の先生方がおいでになれば、先生方にお考えいただきたい、卒業生がおいでになれば卒業生にもお考えいただきたい。本当にいまのこの危機は、慶応義塾にとって千載一遇のチャンスでもあるのです。

国立大学には、いろいろな制約があります。たとえば外国の大学から先生を連れてきて、正式のプロフェッサーにすることはできない。国家公務員法があるので、お雇い外人教師としてしか雇うことはできない。リースマンであろうが、サミュエルソンであろうが、国立大学の正教授にはなれない。しかし慶応義塾は私学ですから、もしファンドがありさえすれば、外国の碩学を即座に教授に任用できます。それを制約する法律は一つもない。現在文部省自体が現行の大学制度に対して、非常に疑惑を持ちだしている。私自身そう思います。これは日本だけではない、世界的に大学という概念は根本的な転換を迫られている。大学じゃなくて、いっそ学校という名前にしちゃったらどうだろうかと思うほどです。慶応の場合はただの塾にしてしまえばいい。塾という名前にして、全く新しい概念の高等教育機関を考えなければ、とてもこの変化の激しい時代についていけないようなことになりつつある。情報産業としての価値を考えると、大学はジャーナリズムよりもずいぶん遅れています。ジャーナリズムはふつうの生産、製造工場、一般の金融機関、商社などに比べるとまたずいぶん遅れている。これらの私立の会社は、さらにもっともエフィシェントに機能している国家の中枢機能よりいくらか遅れている。大学は元来は、日本の情報産業の先頭をきっていた。明治初年には慶応義塾こそすべての先頭をきっていた。それが、慶応義塾も含めて日本の大学全体が、非常に遅れた、後進的なところへおちこんでしまっている。この危機を逆に建設的なものに転化させるには、図体の大きな国立大学ではどうにもならない。人々が、官学のプレステージであるとか、旧帝国大学の権威であるとか、そういうことをいろいろ議論をしている間に、われわれは実学的に、具体的に新しい塾をいち早くつくり出す必要がある。だまってつくり出してしまえば、事実ほど説得力の強いものはないのです。

そこで諸君は小さなクラスでぎっちりしぼられる。諸君からいただく授業料のごときは、これは先生方の給料にして、学術研究のほうは百億円を第一期にするところのファンドでいろいろやっていく。そして授業料も大幅に上げる。安く教育を買おうというのは不心得な考えです。教育は高いものにきまっている。そのかわりそうなると金持ちのドラ息子やドラ娘しかこなくなっては大変だから、大幅に奨学基金をつくって、名目は高いけれども実質上安い授業料を払って充実した教育を受けられるようにする。とにかく基金が百億円あれば、銀行に預けておいても年に五億五千万円の利子が自然にはいってくる。慶応義塾もそういうことを大急ぎでやらなきゃいけない。大急ぎでやっていくと、五年後には、慶応義塾にだれでもいれてくれといって、人がきてしようがなくなる。受験料だけでもずいぶん増収になりまして、またまたやっていけるようになる。そうでないと五年後はしらないけれども、遠からぬ将来に慶応義塾は内部崩壊してしまいます。世界的にいって、私立学校の経営は非常にむずかしくなっている。アメリカでもスタンフォード大学というのは、西部のハーバードといわれた名門ですけれども、現在経営困難におちいっている。世界的に私立大学の将来は暗い。日本でも大部分の私立大学の未来は暗い。いまは教育革命とかなんとかいって、学生がただやたらとふえていますから、不じゅうぶんな教育をしてお茶をにごしていますけれども、国立化されるか、整理されるかする時期が必ずきます。しかしそうであっても、おそらくいくつかの私立大学だけは生き残れる。そのなかに慶応義塾もはいらなければならない。塾生、学校当局、そして塾員、この三位一体の力を結集してやっていけば、慶応はかならず生きのこれる。ほかにだれも助けてくれるものはない。それが独立自尊ということです。そうすれば、生き残れるだけではなくて、世界でも有数の、新しい時代の高等教育機関として、人類のためになにかを果し得るような学校になる。これは私の希望的観測ではない。私は諸君を単に煽動しているわけではない、いまいちいちいいませんけれど、慶応はそれだけのポテンシャルを持っている学校だから、そういう努力をしなけりゃいけないというのです。だから慶応がかつてそうであったように、もう一度すべてのペースメーカーになるのです。三十年後にまた国立大学に追い越されても、少しもかまわない。もともと起爆剤になるのが慶応の役割なんです。明治からちょうど百年たったから、もう一度その役割を果さなければならないときにきている。学閥というようなつまらないことをいって、国中でいがみ合うような時期はもう過ぎてしまった。だからそういう気持で、諸君はこれから大学問題を考えていただきたい。

　それから学問・教育というものは、そういうふうに教育環境を整えていけば、かなりの効果があがるものですが、現在、ここにいる諸君が在学しているあいだには、そういう教育は決して行われない。それは現状では存在し得ないのです。それに対して損なまわりあわせだといってギャーギャーいってもだめです。それは福沢が緒方塾でやったように、自分でやらなければだめなのです。諸君が会社にはいって、英語の通信文を書かせられる。通用するように書けなければ、上役にビリビリッと破られて、紙くずかごに捨てられてマイナスが一点つく。そういう社会に諸君はもうすぐ出ていく。それを英文科で教えてくれなかったからといって、何々学部の英語の授業は不じゅうぶんだったからといって、そんなことをブウブウいっていたって世間には少しも通じない。慶応出は英語ができないという評判が立つだけです。諸君が自分でやるほかない。もし会社や官庁にはいって、そういう目にあうのがいやならば、そして現在だれも教えてくれないとすれば自分でやらなければいけない。慶応に高い授業料を払っている上に、その上にまた授業料を払って習いにいってやらなければならない。勉強とはそういうものです。諸君そこは覚悟していなければいけませんよ。学問というものは元来そういうものなのです。教育のいちばんの要諦は自己教育です。自己教育を可能にするある環境を提供するのが学校です。学校に多くを期待してはいけない。しかし同時に学校はかなりのものを与え得る場所にもなる。だからわれわれはそのことを自覚した上で、新しい時代の大学を考えていかなければならないのであります。このへんで終ります。

追記　この翌年、つまり昭和四十四年六月から十月にかけての日吉キャンパスのバリ・ストは、残念ながら自主解決されなかった。しかし、この事実によって私はこの講演の論旨を少しも変えようとは思わない。百億円基金の構想は、現に塾当局と塾員有志のあいだで真剣に検討しはじめられている。最大の難関は現行の税法が寄付の免税を認めていない点であるが、必要とあれば私学出身の国会議員による超党派立法の運動にまで展開させたいと願っている。

資料1　講談社版単行本「まえがき」

ここに集められているのは、過去二年ほどのあいだに、いろいろな機会におこなった講演をまとめたものである。活字にするにあたって、繰り返しを削ったり多少加筆したりはしたが、なるべく実際に話しているときの雰囲気をそこなわないように心がけた。

以前私は、講演というものがあまり得意ではなかった。筋を通すつもりでメモを持って壇の上にあがり、本題にはいる前に時間が半分経ってしまうというようなことばかり繰り返していた。それが二、三年前から話すことが楽しくなりはじめ、それと同時に、メモに頼ったり筋を通そうとしたりする努力を抛棄して、思いつくままに話すようになった。そうするとこれは暗譜で演奏しているようなもので、話していることの内容がかえって身近に感じられるようになる。聴衆の顔が見えるところで話をする手ごたえがわかるようになって来たのである。

「考えるよろこび」は名古屋の朝日文化センターでも同じ趣旨の話をした。「転換期の指導者像」は、勝海舟という人物の魅力に惹かれてずいぶんあちこちで話した。この本に収録されているのはその第一回目の分である。「女と文章」は「婦人公論」の講演会のときに話したので、札幌のほかに旭川、帯広、釧路の三ヵ所で同じようなことを話した。他はいずれもそれぞれの機会にのみ話した。特に海舟については、勝部真長氏「勝海舟自伝―氷川清話―」、松浦玲氏「勝海舟」に教えられるところが多かった。

こういう本をまとめるのは、はじめての経験である。講談社文芸第一出版部の斎藤稔・松本道子両氏の示唆によるところが大きい。装幀は川島勝氏をわずらわせた。以上の諸氏に対してと同様に、テープの再録に快諾をあたえられたそれぞれの主催者にも、心から謝意を表したいと思う。

一九六九年十一月二十日

江藤　淳

資料2　講談社文庫版「まえがき」

私は、もともと講演というものが不得手であった。今から十五、六年前、最初に講演というものをしたときには、はじめから終りまで全部原稿用紙に書いていって、それを読んだのである。もっともそのときは、谷川俊太郎が聴いていて、「外国の講演みたいで、悪くなかった」と激励してくれた。欧米では、たしかに、講演のときにはタイプライターで打った原稿を読み上げるからである。

人前で話をすることに馴れたのは、アメリカから帰って来てからである。それは、一つには生活の必要からで、『漱石とその時代』の書き下しをしていたときには、私はほとんど講演の謝礼で生活していた。

集中を妨げられるので、小さい原稿はなるべく書かないことにする。しかし、そうすると収入がなくなって食べられなくなる。話すことと書くことは別だから、講演を引き受けることにしようと心に決めて、北は北海道から南は九州まで、求められるまでに講演をして生活を支え、書き下しをつづけていた。

その講演が本になるとは、思いもよらなかったが、当節は幸か不幸か録音技術が発達している。録音されているのを速記に起し、その速記に手を入れて出来上ったのが、『考えるよろこび』であった。本になってみると、おどろいたことに、版を重ねた。その上最近は文庫ブームとやらなので、文庫にも入れてやるという有難い仰せである。

どうしようかと、しばし考えたけれども、これに否やといったら、罰があたる。どうぞよろしくお願いいたしますという次第で、出来たのがこの文庫版である。大方の御愛読を願っておく。

昭和甲寅九月初壱

江藤　淳

テクスト論を無効にする精神の軌跡

解説　田中和生

わたしが文学作品を研究的に読むようになったのは、志望していた文学部ではなく経済学部に通う大学生になった、一九九〇年代中ごろである。そうしてわたしは当時の文芸評論における最新潮流だった、フランス構造主義以降の現代思想から強い影響を受けたポストモダン派の批評を入口にして研究的な読み方を身につけたので、かなり懐疑的ではあるがいまでも基本的にはテクスト論者である。

それはつまり、ロラン・バルトやミシェル・フーコーが一九六〇年代末に主張した「作者の死」という考え方を受け入れ、文学作品を作者から切り離されたテクストとして読むということである。そのせいと言っていいのかどうかわからないが、一九九九年に亡くなった江藤淳について一冊分以上の文章を書いていたのに、しばらくわたしはその講演録や対談集をあまり真剣に読まなかった。

なぜならテクスト論は、文学作品を読み解くために年譜的な事実や作者自身の発言を参照することを否定し、論者がテクストという書かれた言葉と自由に戯れることを肯定していたからである。また小林秀雄が一九四二年に発表した「西行」で「凡そ詩人を解するには、その努めて現そうとしたところを極めるがよろしく、努めて忘れようとし隠そうとしたところを詮索したとて、何が得られるものではない」と書いているのを読んだことも手伝って、文芸評論らしきものを書くようになってからも、できるだけ作者自身について語られた言葉に頼らず、作者が「努めて現そうとしたところ」を読み解こうとするのがわたしの方法論となった。

そうして江藤淳については、デビュー作である『夏目漱石』（一九五六年刊）や先駆的な文体論『作家は行動する』（一九五九年刊）、貴重な資料を縦横に読み解いた『小林秀雄』（一九六一年刊）や特異なアメリカ滞在記『アメリカと私』（一九六五年刊）、第三の新人を論じた代表作『成熟と喪失』（一九六七年刊）や自らの血縁を辿った『一族再会』第一部（一九七三年刊）などの著作を縫って論じることになったが、それは江藤淳が作品を書いて「努めて現そうとしたところ」を読んだわたしの前に現われてきた作者像を重ね、いわばテクストとしての書き言葉から再構成した「江藤淳」像を辿ったものである。それがテクスト論以降の作家論の書き方だと信じたからであり、だから厳密に言えばその「江藤淳」像と江藤淳が書いた作品には深いかかわりがあるが、現実に生きた江藤淳自身とはほとんどなんの関係もないつもりだった。

もちろん江藤淳の講演録や対談集には目を通していたが、それは「努めて現そうとしたところ」を読み解くための二次資料であり、ほとんど著作としては意識していなかった。ところがいつぐらいからだっただろうか、その作品を読み解くことを通じてわたしなりの「江藤淳」像が出来上がったあとで、あらためて江藤淳自身の肉声が記録されたものを紐解いてみると、驚くほど新鮮な言葉に出会うようになった。

たとえば著作の流れを追うために年譜を眺めていると、江藤淳は一九七一年に東京工業大学に着任し、そののち一九九〇年から母校である慶応義塾大学法学部の客員教授を二年勤め、一九九二年には慶応義塾大学環境情報学部に着任している。けれども定年の直前である一九九七年に慶応義塾大学から大正大学へと移り、そのまま一九九九年の死を迎えている。書き言葉として「努めて現そうとしたところ」だけを読んでいれば、慶応義塾大学となんらかの確執があったのかもしれないと思うのだが、それは学部時代に文芸評論家として活躍をはじめてそのまま進学した江藤淳が一九五九年に大学院を退学しており、そのときのことについて「私は慶応の英文科から、ものを書いているなら大学院を辞めるように勧告された」「やがて私は一つの結論を得た。つまり、(1)勧告にはしたがわない。(2)したがってあと一年在籍するが、三田の山には一日も登らない。(3)在籍するための授業料は自分で捻出する。(4)一年経ったら配達証明付きで慶応義塾に退学届を送付し、自主的に大学院を中退する」（江藤淳「著者のノート」、『新編江藤淳文学集成2』所収）と書いているからである。

けれども一九九七年に刊行された、時事的な問題について発言した文章を収めた『国家とはなにか』に再録された慶応義塾大学における最終講義「SFCと漱石と私」を読んでいると、次のような言葉に出会う。

《……私は東京工業大学に足かけ二十年勤務し、その挙げ句に停年退官する三年前に、再就職で慶應義塾に移ってきました。慶應義塾の停年は六十五歳でありまして、私は慶應におりますと、あと一年で辞めなければならないわけです。大正大学に参りますと、七十歳まで厭味をいわずに置いてくれる。（笑）

このごろは七十歳まで置いてくれる学校もあるのですけれども、関西のほうのある大学などはいっせいに高年者の首切りをするという話が持ち上がりまして、先生方が大騒ぎをした挙げ句に、ようやく近頃撤回されたらしい。また、関東の某大学においても、七十までは置いてやるけれども厭味タラタラ置いてくれると、こういうところはあるようですが、大正大学は欣然《きんぜん》として七十まで置いてくれるというので、これはやはりありがたい、働けるかぎり働くというのが人間の道であろうと、私は考えているからです。

社会福祉はたいへん結構なものだと思いますけれども、私は福祉国家というものをあまり信用したことのない古風な人間です。独立自尊という福沢先生の遺訓を、何よりも大切

な教訓と考えて生きてきた人間であります。》

つまり江藤淳は定年を考慮し「働けるかぎり働く」ために慶応義塾大学から大正大学へと移ったのであり、その行動をささえているのは慶応義塾を創設した福沢諭吉が主張した「独立自尊」の精神である。そしてそのテクストとしての書き言葉とは別の場所でなされた証言にある驚きが宿るのは、それが書き言葉から再構成された「江藤淳」像にも強く結びつくものだからである。一九六七年に連載を開始して未完に終わった「日本と私」から「江藤淳」が自分の戦後日本での生活の仕方について書いている部分を引いてみる。

《世帯を持ってから、私は父にこれという経済的負担をかけたことがない。それは私が父のふところ工合を思いやったからというより、経済的負担をかけないことによってなるべく血縁というものから遠ざかりたかったからだ。

(……)

同じように、私は家内の両親にもまったく経済的負担をかけたことがない。つまり私は、相続権の条項を別にして(相続の意志がないから)、新民法の精神にまことに忠実であった。それは私が実践している「近代」である。「私立の活計」をなさざるものに「独立自尊」の生活はあり得ない。そういう「自由」の経済的基盤を確保しない者に、「近代」や「自由」を論じる資格はない。私はあの永田町にある学校の教員室でばかにされたけれど、とにかく「慶応の文科」に行ったから、塾祖福沢諭吉の教えには馬鹿正直に忠実

なのであった。》

ここで「江藤淳」は「私立の活計」、言い換えれば他人に経済的負担をかけずに「働けるかぎり働く」ことで「独立自尊」の生活を維持し、そうすることで自分は「『近代』や『自由』を論じる」ことができるのだと言っている。江藤淳が「努めて現そうとした」著作だけを辿っていくとき、たとえば『成熟と喪失』を書いていた一九六〇年代の作品と『南洲残影』を書いていた一九九〇年代の作品では、当然そこに現われてくる「江藤淳」像は異なっている。だからテクスト論以降の江藤淳論は、わたしもそうしたようにそこに変質があると論じる。しかし「SFCと漱石と私」における江藤淳自身の言葉を手がかりにすれば、「独立自尊」の精神にしたがって行動しているという意味では江藤淳はデビューした一九五〇年代からその死の間際までおどろくほど変化していない。しかもその「江藤淳」の主張にしたがって、江藤淳自身の「独立自尊」の生活なしに「『近代』や『自由』を論じる」書き言葉が存在しなかったとすれば、むしろ変質したのは時代や環境の方かもしれないのである。

もちろん江藤淳自身の言葉を手がかりに江藤淳の作品を読み解くというテクスト論以前の方法に戻るわけではないのだが、その書き言葉から再構成された「江藤淳」像があるからこそ江藤淳が書いた作品と現実に生きた江藤淳自身のあいだに対話が成立し、より深く「江藤淳」像を理解できるということは充分にありうる。きわめて刺激的な著作を次々と刊行していた一九六〇年代後半における江藤淳自身の肉声を記録した『考えるよろこび』もまた、そのような貴重な手がかりを多くあたえてくれる講演集である。

＊

一九七〇年に刊行された江藤淳の講演集『考えるよろこび』は、一九六八年から翌年にかけて行われた講演を若干順序を入れ替えて収録している。その「まえがき」にもあるように、もともと不得意であった講演を『漱石とその時代』の書き下ろしをするためにしているうちに慣れたのだと言うが、ほとんど書き言葉と変わらないぐらいわかりやすい構成で、聞き手の興味を惹きつづける起伏のある見事な話しぶりである。

冒頭に置かれて表題ともなっている「考えるよろこび」は、知恵を愛する「考える」文化の起源とも言うべきギリシアにおける悲劇の主人公オイディプス、哲学者ソクラテス、それに意外なところでアメリカ合衆国における上院議員エドマンド・ロスのエピソードを結びつけ、ものを考えることが自分を発見することであり、だからその考えるよろこびもまた自分のためにあるということを丁寧に説いている。それは二つ目以降の講演の、近代日本にかかわる具体的な話を味わうための格好の入り口になっている。

一九六二年にロックフェラー財団の文化交流プログラムでアメリカ合衆国へと渡り、客員研究員としてプリンストン大学に所属した江藤淳は翌年には日本文学史について教える教師となって、さらにその翌年の一九六四年に帰国している。デビューが早い江藤淳はまだ少壮の三十二歳だったが、そののち十年間の仕事はすばらしい密度である。主要な著作を刊行年順に列挙してみる。

一九六五年刊『アメリカと私』
一九六七年刊『成熟と喪失』
一九六九年刊『表現としての政治』
一九七〇年刊『漱石とその時代』第一部・第二部
一九七三年刊『一族再会』第一部
一九七四年刊『海舟余波』

つまり文芸評論家としての江藤淳について論じるなら、けっして外すことのできない著作がこの時期に集中している。そうして『考えるよろこび』の講演は、ちょうどその「努めて現そうとした」著作の中心に位置し、だからこそそれらの作品を読み解くための貴重な手がかりがいくつも含まれている。

たとえば二つ目の「転換期の指導者像」は勝海舟について語っているが、これは一九七四年に刊行された勝海舟の評伝『海舟余波』と重なる内容である。そこで江藤淳は「公」的な価値に身を捧げた勝海舟の姿を描いたが、以前のわたしにはその書き言葉として「努めて現そうとしたところ」は少しわかりにくいものだった。なぜならその「あとがき」に

「これは政治的人間の研究である。小説は私人の私事を描くものであるが、私は私人としての海舟の私事には、ほとんど興味を抱かなかった。むしろ私は、公事にかかわり、公人として終始した海舟の側面のみを描こうと心がけた。否、私には、これは『側面』ではなくて、ほとんど海舟の全面と思われた」とあるように、作品では意図的に「公人として終始した海舟の側面のみ」が取り出され、しかしその効果がよく実感できなかったからである。

言い換えれば、わたしにとって『海舟余波』の背後に浮かび上がる作者像は不鮮明であり、それゆえそれをわたしの「江藤淳」像に重ねることは困難だったし、したがって『海舟余波』を含んだかたちで江藤淳の文学を語ることもできなかった。ところが「転換期の指導者像」にある次のような言葉は、その意図がわかりにくい『海舟余波』の前に置いたとき、きわめて鮮明におなじ時期の作品から浮かび上がる「江藤淳」像と重ねられる作者像をあたえてくれるように思う。

《……私は、現在日本という国家はまだ決して完成していないと考えています。明治以来百年経ってしまったけれども、勝海舟が考えていたような国家は、少しもでき上っていない。それはこれから建設すべきものだろうと思います。戦前の日本帝国の弱点はなにかといいますと、天皇に対する忠誠心を国家に対する忠誠心の代用品にしていたことです。あり得べき国家に対する忠誠心を、地方的な、部分的なものから積み上げて根づかせることができなかった。しかし、それでは近代国家ができませんから、応急の処置としてそのかわりに天皇に対する忠誠心で間に合わせる。天皇に対する忠誠心は、とりもなおさず幕藩体制下の武士が藩主に対して持っていた忠誠心をそのまま転移し、拡大したものです。それはたしかに日本人に対して単に政治的なものにとどまらない大きな影響力を持っていましたけれども、もともといわば応急措置であって、近代国家日本そのものに対する忠誠心は、そのためにかえって育ちにくかったのです。この天皇制国家のプラスとマイナスが劇的なかたちで露呈されたのが、八月十五日の敗戦だったと私は考えるのです。》

一九七〇年代以降の江藤淳はどうしても保守回帰した国家主義者のように見られていくが、それがあらかじめある「日本という国家」に忠誠を捧げているわけではなく、まだ存在していない「あり得べき日本という国家」に忠誠を捧げる身振りを示し、これから「勝海舟が考えていたような国家」を建設しようとするためのものだったと理解すれば、その意図は間違いなく「自分を超えたなにものか」について言及していた『成熟と喪失』の結びからつづくものである。だから『海舟余波』で「江藤淳」が「公人として終始した海舟の側面のみ」を取り出そうとするのも、いわば「あり得べき日本という国家」に忠誠を捧げた勝海舟について語り直すことで、まだ未完成である「日本という国家」を「建設」しようとしていたのだと考えることができる。

三つ目の「二つのナショナリズム」も同様の問題意識を感じさせるが、四つ目の「女と文章」は、代表作である『成熟と喪失』で第三の新人の作品を通じて日本的な「母子」関係のなかにある「子」の成熟を論じながら、副題を「〝母〟の喪失」ではなく「〝母〟の崩壊」とした江藤淳の、どこまでも女性という存在を理解してその文学の特質をとらえたいという、異性に対する共感の強さがよく表われている。また五つ目の「英語と私」は、敗戦後の日本で便利なものであったはずのアメリカ英語ではなく、イギリス英語を勉強した若き日の江藤淳の心情が書き言葉では一度も見られなかったような率直さで語られていて興味深い。

たとえばそこで「イギリスの英語をやっている限り占領されていることを忘れていられる。英語は現実逃避の手段になり得る」と語っている江藤淳は、あるいは書き下ろしで進めつつあった『漱石とその時代』で描き出そうとしていた、次のような若き日の夏目漱石に重なる自らの姿を意識していたかもしれない。

《儒学から洋学へ――朱子学からハーバート・スペンサーへ転換しつつある時代に、漢学塾にはいろうというのは明らかに未来の拒否である。英語ができなければ予備門に入学できず、予備門に入学できなければ没落した町方名主の末っ子は新時代に立身する唯一の道を奪われることになる。それは長兄大助が歩みかけて挫折した道であり、次兄栄之助、末兄和三郎が歩み得なかった道である。つまり金之助は、このときあえて自から求めて漢学塾にはいることによって、生存競争の現実を拒否し、安息の世界を希求しようとしたとも

いえる。》（『漱石とその時代』第一部）

そうして読み解いていくうちに、わたしの「江藤淳」像と現実に生きた江藤淳自身はかぎりなく近づくが、それは「考えるよろこび」で語られていたように「努めて現そうとしたところ」であるかどうかにかかわらず、なによりその講演集からわたしが江藤淳の「精神の実在」を受け取っているからかもしれない。

年譜

江藤　淳

一九三二年（昭和七年）

一二月二五日、東京府豊多摩郡大久保町字百人町で江頭《えがしら》隆・廣子の長男として生れる。本名、淳夫。父は海軍中将・江頭安太郎の長男、当時三井銀行本店に勤務。母は海軍少将・宮治民三郎の次女、昭和六年三月に日本女子大学英文科を卒業。同年五月に結婚していた。江藤淳は最初の著書で昭和八年生れと表示され、そのためか、以後も昭和八年生れで通すことになった。

一九三七年（昭和一二年）　五歳

六月一六日、母、結核のため死去（享年二七）。

一九三九年（昭和一四年）　七歳

一月、父、再婚。四月、戸山小学校に入学するが、学校は休みがち。健康もすぐれなかった。

一九四一年（昭和一六年）　九歳

九月、親許を離れ、鎌倉にあった義母の父・日能《ひよき》英三の隠居所に移り療養。

一九四二年（昭和一七年）　一〇歳

四月、鎌倉第一国民学校に転入。このころ通学途中に中村光夫を見かける。

一九四六年（昭和二一年）　一四歳

七年間の小学校生活を終え、四月、神奈川県立湘南中学校（のちの湘南高校）に入学。一年上級に石原慎太郎がいた。このころ鎌倉で小林秀雄を見かける。
一九四八年（昭和二三年）　一六歳
七月、北区十条に転居。都立一中の転入試験を受け合格、九月から通学。都立一中は翌年度から都立一高と改称（このとき一年生）、昭和二五年度から日比谷高校と改称。
一九五一年（昭和二六年）　一九歳
四月、三年生となるが、新学期の健康診断で結核が見つかり、休学する。自宅で療養。
一九五二年（昭和二七年）　二〇歳
四月、復学。高校の生徒会誌「星陵」の第二号に小説「フロラ・フロラアヌと少年の物語」、第三号に翻訳「故郷へ帰る」（サロイヤン）を載せる。
一九五三年（昭和二八年）　二一歳
三月、高校を卒業。四月、慶応義塾大学文学部に入学。語学のクラスの同級生に三浦慶子がいた（翌年、仏文科に進む）。
一九五四年（昭和二九年）　二二歳
四月、二年生になり、英文科に進む。高校時代の友人・安藤元雄のすすめにより、同人雑誌「Pureté」第一号（五月）に「マンスフィールド覚書」を載せる。六月、喀血。結核の進行が判明。休学はしなかったが、自宅療養に努めた。「Pureté」第二号（九月）に小説「小組曲」（「版画」「薔薇の笑い」）、同第三号（一二月）に「マンスフィールド覚書補遺」を載せる。
一九五五年（昭和三〇年）　二三歳
五月、「三田文学」編集部の山川方夫から会いたいという連絡を受け、編集室へ行く。夏目漱石について書くことをすすめられる。一方、参加していた同人雑誌「Pureté」は「位置」と改題、その第四号（六月）に「江藤淳」の名による小説「沈丁花のある風景(1)」を掲載（筆名を使った最初）。八月、信濃追分へ行き、部屋を借りて漱石論を執筆、「三田文学」に送る（当初の題は「漱石ノート」）。「位置」第五号（九月）に「沈丁花のある風景(Ⅱ)」を掲載。「漱石ノート」は山川方夫の助言により改稿・改題し、「三田文学」一一月号に「夏目漱石論（上）――漱石の位置について――」、同一二月号にその（下）として掲載。この年、父は三井銀行を定年退職、一家は練馬区関町に転居。

一九五六年（昭和三一年）二四歳

山川方夫のすすめにより続稿を執筆、「三田文学」七月号に「続・夏目漱石論（上）――晩年の漱石――」、同八月号にその（下）を掲載。九月、大学院の入学試験に合格。「三田文学」一〇月号から「編輯担当」（編集部員）に加わる。「三田文学」の先輩作家・今井達夫の紹介により「夏目漱石論」の単行本化の話が進み、一一月、『夏目漱石』（東京ライフ社「作家論シリーズ」）刊。「序　江藤さんの処女出版を祝う」は平野謙。扉裏には「To Keiko」とある。

一九五七年（昭和三二年）二五歳

三月、慶応義塾大学文学部英文科を卒業。卒業論文は *The Life and Opinions of the Late Rev. Laurence Sterne* であった。四月、同大学院に進学。指導教授は西脇順三郎。五月、三浦慶子と結婚。仲人は奥野信太郎。武蔵野市吉祥寺に住む。

一九五八年（昭和三三年）二六歳

一月ごろ（?）、「ものを書いているなら大学院を辞めるように」という勧告を受け、以後、大学に行かなくなる。春、講談社から書き下ろしを依頼され、夏から秋にかけて執筆（『作家は行動する』として翌年刊）。一一月、『奴隷の思想を排す』（文芸春秋新社）刊。

一九五九年（昭和三四年）二七歳

一月、『作家は行動する』（講談社）刊。三月、大学院を中退。八月、『海賊の唄』（みすず書房）刊。秋、目黒区下目黒に転居。
一九六〇年（昭和三五年）二八歳
「聲」第六号（一月）から「小林秀雄論」を連載。二月、『作家論』（中央公論社）刊。五月、安保騒動があり、石原慎太郎・大江健三郎・谷川俊太郎・開高健・羽仁進らとともに「若い日本の会」に参加。抗議集会を開いたり、声明を出したりした。一〇月、『日附のある文章』（筑摩書房）刊。一二月から「朝日新聞」で「文芸時評」を連載（以後二年間）。
一九六一年（昭和三六年）二九歳
「聲」休刊のため、「小林秀雄論」の続きを「文学界」五月号から一二月号まで連載。一一月、『小林秀雄』（講談社）刊（新潮社文学賞）。
一九六二年（昭和三七年）三〇歳
八月、渡米。ロックフェラー財団研究員として九月からプリンストンに住む。一〇月、『西洋の影』（新潮社）刊。
一九六三年（昭和三八年）三一歳
六月、プリンストン大学の教員となり、日本文学史を講ずる。一〇月、『文芸時評』（新潮社）刊。
一九六四年（昭和三九年）三二歳
八月、日本に帰国。市ヶ谷に住む。一二月から再び「朝日新聞」で「文芸時評」を連載（以後二年間）。
一九六五年（昭和四〇年）三三歳
二月、『アメリカと私』（朝日新聞社）刊。同月二〇日、山川方夫交通事故のため死去。四月から慶應義塾大学における久保田万太郎記念講座「現代芸術」の講師となる（この年度前期のみ）。以後も出講が続く。昭和四一年度の受講生の中には車谷長吉がいた。
一九六六年（昭和四一年）三四歳
四月、『犬と私』（三月書房）刊。一一月、『われらの文学』22『江藤淳　吉本隆明』（講談社）刊。同月、『漱石とその時代』を書き始める。
一九六七年（昭和四二年）　三五歳
三月、『続　文芸時評』（新潮社）刊。四月、遠山一行・高階秀爾らと「季刊芸術」を創刊（昭和五四年、休刊）。六月、『成熟と喪失』（河出書房新社）刊。七月、『江藤淳著作集』（講談社）全六巻の刊行始まる。
一九六九年（昭和四四年）　三七歳
五月、『崩壊からの創造』（勁草書房）刊。七月、『表現としての政治』（文芸春秋）刊。
一九七〇年（昭和四五年）　三八歳
一月から「毎日新聞」の「文芸時評」を連載（以後九年間）。八月、『漱石とその時代』（新潮選書）の第一部と第二部を刊行（菊池寛賞、野間文芸賞）。九月、『旅の話・犬の夢』（講談社）刊。一〇月、ソビエト作家同盟の招きによりソ連を訪問。
一九七一年（昭和四六年）　三九歳
二月、パレスホテルで「江藤淳『漱石とその時代』の完成を励ます会」。四月、東京工業大学に助教授として着任。
一九七二年（昭和四七年）　四〇歳
三月、『現代の文学』27『江藤淳集』（講談社）、『夜の紅茶』（北洋社）刊。四月、『アメリカ再訪』（文芸春秋）刊。八月、『現代日本文学大系』66『河上徹太郎・山本健吉・吉田健一・江藤淳集』（筑摩書房）刊。
一九七三年（昭和四八年）　四一歳
一月、『江藤淳著作集　続』（講談社）全五巻の刊行始まる。二月、教授に昇任。五月、『一族再会　第一部』（講談社）刊。八月、『批評家の気儘な散歩』（新潮選書）刊。
一九七四年（昭和四九年）　四二歳
四月、『海舟余波――わが読史余滴』（文芸春秋）刊。同月、『江藤淳全対話』（小沢書店）全四巻の刊行始まる。一一月、『決定版　夏目漱石』（新潮社）、豪華限定本『フロラ・フロラアヌと少年の物語』（北洋社）刊。

一九七五年（昭和五〇年）　四三歳

三月、文学博士となる（慶応義塾大学）。九月、『漱石とアーサー王伝説——「薤露行」の比較文学的研究』（東京大学出版会）刊。一一月、この本を大岡昇平が批判、「朝日新聞」で応酬がある。

一九七六年（昭和五一年）　四四歳

一月、『海は甦える　第一部』（文芸春秋）刊（全五部、昭和五八年完結）。原作・脚本を担当したドキュメンタリー・ドラマ「明治の群像——海に火輪を」が一月から一二月まで放映される（NHK総合テレビ）。四月、日本芸術院賞を授けられる。

一九七七年（昭和五二年）　四五歳

六月、責任編集『朝日小事典　夏目漱石』（朝日新聞社）刊。

一九七八年（昭和五三年）　四六歳

二月、責任編集『勝海舟』（中央公論社「日本の名著」32）刊。四月、『もう一つの戦後史』（講談社）刊。五月、『なつかしい本の話』（新潮社）刊。五月一五日、父死去。この年、一月の「毎日新聞」の「文芸時評」をきっかけに本多秋五と「無条件降伏」をめぐる論争が始まり、九月ごろまで応酬が続く。

一九七九年（昭和五四年）　四七歳

一月、『歴史のうしろ姿』（日本書籍）刊。六月、『仔犬のいる部屋』（講談社）刊。七月一四日、小林秀雄と最後の対面。一〇月、国際交流基金派遣研究員としてワシントンのウィルソン研究所に赴任。一二月、『忘れたことと忘れさせられたこと』（文芸春秋）刊。

一九八〇年（昭和五五年）　四八歳

八月、帰国。一〇月、『一九四六年憲法——その拘束』（文芸春秋）刊。

一九八一年（昭和五六年）　四九歳

六月、開高健との対談『文人狼疾ス』（文芸春秋）刊。一一月、『落葉の掃き寄せ』（文芸春秋）刊、責任編集『占領史録』（講談社）全四巻の刊行始まる。

一九八二年（昭和五七年）　五〇歳
四月、鎌倉市西御門に転居。

一九八三年（昭和五八年）　五一歳
五月三日放映の「憲法論争」（ＮＨＫ総合テレビ）に出演（翌年四月、日本放送出版協会刊のＮＨＫ編『憲法論争　その経緯と焦点』に番組の内容を収録。この本は二〇〇五年四月、ＮＨＫライブラリーとして再刊）。

一九八四年（昭和五九年）　五二歳
九月、『自由と禁忌』（河出書房新社）刊。一一月、『西御門雑記』（文芸春秋）刊。同月、『新編江藤淳文学集成』（河出書房新社）全五巻の刊行始まる。

一九八五年（昭和六〇年）　五三歳
九月、『大きな空　小さい空――西御門雑記Ⅱ』（文芸春秋）刊。一〇月、蓮實重彥との対談『オールド・ファッション――普通の会話　東京ステーションホテルにて――』（中央公論社）刊。一一月、『近代以前』（文芸春秋）刊。一二月、『女の記号学』（角川書店）刊。

一九八七年（昭和六二年）　五五歳
一月、日本文芸家協会書籍流通問題特別委員会の委員長となる。四月、『昭和の宰相たちⅠ』（文芸春秋）刊（全四巻、平成二年完結）。六月、『同時代への視線』（ＰＨＰ研究所）刊。七月、『批評と私』（新潮社）刊。

一九八八年（昭和六三年）　五六歳
四月、既刊二冊の合本『落葉の掃き寄せ　一九四六年憲法――その拘束』（文芸春秋）刊。

一九八九年（昭和六四年・平成元年）　五七歳
四月、『リアリズムの源流』（河出書房新社）刊。七月、『昭和の文人』（新潮社）、『天皇とその時代』（ＰＨＰ研究所）刊。八月、『閉された言語空間――占領軍の検閲と戦後日本』

（文芸春秋）刊。一一月、『全文芸時評』上下（新潮社）刊。

一九九〇年（平成二年）　五八歳
四月、慶応義塾大学法学部客員教授となる。

一九九一年（平成三年）　五九歳
一二月、日本芸術院会員となる。同月、『日本よ、何処へ行くのか』（文芸春秋）刊。

一九九二年（平成四年）　六〇歳
二月、慶応義塾大学環境情報学部教授となる。四月、『漱石論集』（新潮社）刊。一〇月、『言葉と沈黙』（文芸春秋）刊。

一九九三年（平成五年）　六一歳
七月、『大空白の時代』（ＰＨＰ研究所）刊。一〇月、『漱石とその時代　第三部』（新潮選書）刊。

一九九四年（平成六年）　六二歳
六月、日本文芸家協会理事長となる。一一月、『腰折れの話』（角川書店）刊。一二月、『日本よ、亡びるのか』（文芸春秋）刊。

一九九五年（平成七年）　六三歳
四月、三田文学会理事長となる。九月、『人と心と言葉』（文芸春秋）刊。

一九九六年（平成八年）　六四歳
三月、『渚ホテルの朝食』（文芸春秋）、『荷風散策――紅茶のあとさき――』（新潮社）刊。六月、日本文芸家協会理事長に再選される。七月、国語審議会副会長となる。九月、『保守とはなにか』（文芸春秋）刊。一〇月、『漱石とその時代　第四部』（新潮選書）刊。

一九九七年（平成九年）　六五歳
四月、大正大学文学部教授となる。七月、『群像日本の作家』27『江藤淳』（小学館）刊。一〇月、『国家とはなにか』（文芸春秋）刊。

一九九八年（平成一〇年）　六六歳
正論大賞の受賞が決り、一月九日の贈呈式に夫婦で出席。二月、『月に一度』（産経新聞ニュースサービス発行、扶桑社発売）刊。三

月、義母・千恵子（本名・ちゑ）死去。享年八六。三月、『南洲残影』（文芸春秋）刊。四月、『作家の自伝』75武藤康史編『江藤淳』（日本図書センター）刊。一一月七日、妻・慶子死去。享年六四。一二月、『南洲随想その他』（文芸春秋）刊。

一九九九年（平成一一年）

四月一〇日発売の「文芸春秋」五月号に「妻と私」を掲載。四月二四日の三田文学会総会と三田文学新人賞授賞式に出席、プレゼンターを務め、祝辞を述べる。五月一三日、日本文芸家協会総会に出席。六月七日、「文学界」の新連載「幼年時代」の第一回の原稿を渡す。六月一〇日、脳梗塞の発作があり、入院（七月八日、退院）。七月七日、『妻と私』（文芸春秋）刊。同じ日に発売の「文学界」八月号に「幼年時代（一）」を掲載。七月八日、日本文芸家協会理事長を辞任。七月二一日、「幼年時代」の第二回の原稿を自宅で「文学界」編集長に渡し、そのあと浴室で手首を切って自殺。

七月二一日付で発売の靖国神社やすくにの祈り編集委員会編著『やすくにの祈り』（産経新聞ニュースサービス発行、日本工業新聞社発売）に巻頭言「戦没者追悼の心」を掲載。八月七日発売の「文学界」九月号に「幼年時代（二）」を掲載。「幼年時代（一）」も再録。「文芸春秋」九月号に「妻と私」を再録。一〇月、『幼年時代』（文芸春秋）刊。「文学界」一一月号に「沈丁花のある風景」を再録。「三田文学」第五九号（一一月）に講演「『三田文学』の今昔」を再録。「文芸春秋」一一月号に未発表講演（平成九年）「こころとことば」を掲載。一二月、『漱石とその時代　第五部』（新潮選書）刊。

二〇〇〇年（平成一二年）

「戦史研究年報」第三号（三月）に講演記録（平成七年）「アジア・太平洋地域における第

二次世界大戦」を掲載。「三田文学」臨時増刊（五月）「三田文学名作選」に「夏目漱石論――漱石の位置について」を収録。一〇月、自宅に残されていた蔵書・原稿・書簡・GHQ関連文書などが大正大学図書館に移される。

二〇〇一年（平成一三年）
七月、福田和也編『江藤淳コレクション』全四巻（ちくま学芸文庫）の刊行始まる（一〇月完結）。

二〇〇三年（平成一五年）
「早稲田文学」七月号（特集「111年の評論・戦後篇」）に「二つの日記についての感想」を再録。

二〇〇四年（平成一六年）
四月、『石原慎太郎論』（作品社）刊。

二〇〇六年（平成一八年）
「大正大学研究紀要」第九一輯（三月）に山田潤治解説による「江頭淳夫 Cahier d'ourage 1953」を掲載（ノートの翻刻）。

（武藤康史編）

著書目録

江藤　淳

【単行本】

夏目漱石　昭31・11　東京ライフ社
奴隷の思想を排す　昭33・11　文芸春秋新社
作家は行動する―文体について―　昭34・1　講談社
海賊の唄　昭34・8　みすず書房
作家論　昭35・2　中央公論社
発言＊　昭35・3　河出書房新社
日附のある文章　昭35・10　筑摩書房
クルップ五代記（N・ムーレン）＊　昭36・11　新潮社
小林秀雄　昭36・11　講談社
西洋の影　昭37・10　新潮社
文芸時評　昭38・10　新潮社
二輪馬車の秘密（F・ヒューム）＊　昭39・11　新潮文庫
アメリカと私　昭40・2　朝日新聞社
夏目漱石（増補版）　昭40・6　勁草書房
犬と私　昭41・4　三月書房
続　文芸時評　昭42・3　新潮社
成熟と喪失―〝母〟の崩壊―　昭42・6　河出書房新社
文学と思想＊　昭42・7　河出書房新社
崩壊からの創造　昭44・5　勁草書房
表現としての政治　昭44・7　文芸春秋
考えるよろこび＊　昭45・1　講談社
漱石とその時代　昭45・8　新潮社

第一部
漱石とその時代　昭45・8　新潮社
第二部
旅の話・犬の夢　昭45・9　講談社
夜の紅茶　昭47・3　北洋社
アメリカ再訪　昭47・4　文芸春秋
チャリング・クロス街84番地―本を愛する人のための本―(H・ハンフ)＊　昭47・4　日本リーダーズダイジェスト社
一族再会　第一部　昭48・5　講談社
批評家の気儘な散歩　昭48・8　新潮社
生きている日本(D・キーン)＊　昭48・8　朝日出版社
海舟余波―わが読史余滴―　昭49・4　文芸春秋
決定版夏目漱石　昭49・11　新潮社
フロラ・フロラアヌと少年の物語　昭49・11　北洋社
こもんせんす　昭50・1　北洋社
漱石とアーサー王伝説―『薤露行』の比較文学的研究―　昭50・9　東京大学出版会
続こもんせんす　昭50・12　北洋社
海は甦える　第一部　昭51・1　文芸春秋
海は甦える　第二部　昭51・2　文芸春秋
明治の群像1―海に火輪を―　昭51・9　新潮社
続々こもんせんす　昭51・12　北洋社
明治の群像2―海に火輪を―　昭52・3　新潮社
朝日小事典　夏目漱石＊　昭52・6　朝日新聞社
再びこもんせんす　昭52・12　北洋社
日本の名著32　勝海舟＊　昭53・2　中央公論社
もう一つの戦後史　昭53・4　講談社
なつかしい本の話　昭53・5　新潮社
蒼天の谺＊　昭53・9　北洋社
再々こもんせんす　昭53・11　北洋社

歴史のうしろ姿　昭54・1　日本書籍
忘れたことと忘れさせられたこと　昭54・12　文芸春秋
パンダ印の煙草　昭55・3　北洋社
一九四六年憲法―その拘束―　昭55・10　文芸春秋
ワシントン風の便り　昭56・4　講談社
文人狼疾ス＊　昭56・6　文芸春秋
落葉の掃き寄せ―敗戦・占領・検閲と文学―　昭56・11　文芸春秋
占領史録1～4＊　昭56・11～57・8　講談社
海は甦える　第三部　昭57・7　文芸春秋
去る人来る影　昭57・10　牧羊社
ポケットのなかのポケット　昭57・11　講談社
利と義と＊　昭58・6　TBSブリタニカ
海は甦える　第四部　昭58・11　文芸春秋
海は甦える　第五部　昭58・12　文芸春秋
自由と禁忌　昭59・9　河出書房新社
西御門雑記　昭59・11　文芸春秋
大きな空　小さい空―西御門雑記Ⅱ―　昭60・9　文芸春秋
オールド・ファッション―普通の会話　東京ステーションホテルにて―（蓮實重彦との対談）＊　昭60・10　中央公論社
近代以前　昭60・11　文芸春秋
女の記号学　昭60・12　角川書店
日米戦争は終わっていない　昭61・7　ネスコ
昭和の宰相たちⅠ　昭62・4　文芸春秋
同時代への視線　昭62・6　PHP研究所
批評と私　昭62・7　新潮社
昭和の宰相たちⅡ　昭62・11　文芸春秋
日本は世界を知っているか―転換期の知　昭63・3　サイマル出版会

恵―＊
昭和の宰相たちⅢ　平元・1　文芸春秋
リアリズムの源流　平元・4　河出書房新社
文学の現在＊　平元・5　河出書房新社
離脱と回帰と　昭和文学の時空間＊　平元・5　日本文芸社
昭和の文人　平元・7　新潮社
天皇とその時代　平元・7　ＰＨＰ研究所
閉された言語空間―占領軍の検閲と戦後日本―　平元・8　文芸春秋
全文芸時評（上・下）　平元・11　新潮社
昭和の宰相たちⅣ　平2・6　文芸春秋
断固「ＮＯ」と言える日本＊　平3・5　光文社
日本よ、何処へ行くのか　平3・12　文芸春秋
漱石論集　平4・4　新潮社
言葉と沈黙　平4・10　文芸春秋
大空白の時代　平5・7　ＰＨＰ研究所

漱石とその時代　第三部　平5・10　新潮社
「漱石とその時代」を語る（新潮カセット講演）　平6・2　新潮社
腰折れの話　平6・11　角川書店
日本よ、亡びるのか　平6・12　文芸春秋
人と心と言葉　平7・9　文芸春秋
荷風散策―紅茶のあとさき―　平8・3　新潮社
渚ホテルの朝食　平8・3　文芸春秋
保守とはなにか　平8・9　文芸春秋
漱石とその時代　第四部　平8・10　新潮社
国家とはなにか　平9・10　文芸春秋
月に一度　平10・2　扶桑社
南洲残影　平10・3　文芸春秋
南洲随想　その他　平10・12　文芸春秋
妻と私　平11・7　文芸春秋
幼年時代　平11・10　文芸春秋

漱石とその時代　第五部　平11・12　新潮社
漱石の文学（聴いて学ぶ文学CD版）　平15・10　アートデイズ
夏目漱石―「こころ」以後（今解き明かされる文豪たちの謎・日本近代文学館講演CD集第三巻）　平16・4　日本音声保存
石原慎太郎論　平16・4　作品社
菊池寛と芥川賞（文芸春秋文化講演会2）　平23・9　日本音声保存
文学と非文学の倫理（吉本隆明との対談）＊　平23・10　中央公論新社
漱石と近代日本文学（慶應義塾の名講義・名講演CDシリーズ）　平24・2　慶應義塾大学出版会

【全集・選集】

江藤淳著作集　全6巻　昭42・7〜12　講談社
江藤淳著作集続　全5巻　昭48・1〜5　講談社
江藤淳全対話　全4巻　昭49・4〜7　小沢書店
新編　江藤淳文学集成　全5巻　昭59・11〜60・3　河出書房新社
江藤淳コレクション　全4巻　平13・7〜10　ちくま学芸文庫
われらの文学22＊　昭41　講談社
日本現代文学全集107＊　昭44　講談社
現代の文学27　昭47　講談社
現代日本文学大系66＊　昭47　筑摩書房
昭和文学全集27＊　平元　小学館

作家の自伝75 江藤淳　平10　日本図書センター

【文庫】

決定版 夏目漱石（解＝小堀桂一郎）　昭54　新潮文庫

成熟と喪失—〝母〟の崩壊—（解＝上野千鶴子　案＝平岡敏夫　著）　平5　講談社文芸文庫

閉された言語空間—占領軍の検閲と戦後日本—　平6　文春文庫

南洲残影（解＝上村希美雄）　平13　文春文庫

妻と私・幼年時代（追悼文＝福田和也・吉本隆明・石原慎太郎　年）　平13　文春文庫

小林秀雄（解＝井口時男　年＝武藤康史　著）　平14　講談社文芸文庫

作家は行動する（解＝大久保喬樹　年＝武藤康史　著）　平17　講談社文芸文庫

アメリカと私（解＝加藤典洋　年＝武藤康史　著）　平19　講談社文芸文庫

「著書目録」には原則として編著・再刊本等は入れなかった。／＊は対談・共著・翻訳等を示す。／【文庫】は本書初刷刊行日現在の各社最新版「解説目録」に記載されているものに限った。（　）内の略号は、解＝解説　案＝作家案内　年＝年譜　著＝著書目録を示す。

（作成・中島国彦）

本書は、講談社文庫『考えるよろこび』（一九七四年九月）を底本としました。なお底本にある表現で、今日からみれば不適切と思われるものがありますが、作品の発表された時代背景、作品の文学的価値などを考慮し、底本のままとしました。よろしくご理解のほどお願いいたします。

考《かんが》えるよろこび

江藤《えとう》 淳《じゅん》

二〇一三年一〇月一〇日第一刷発行
二〇二二年二月七日第三刷発行

発行者——鈴木章一
発行所——株式会社 講談社
東京都文京区音羽2・12・21 〒112-8001
電話 編集（03）5395・3513
販売（03）5395・5817
業務（03）5395・3615

デザイン——菊地信義
印刷——豊国印刷株式会社
製本——株式会社国宝社
本文データ制作——講談社デジタル製作

定価はカバーに表示してあります。

ISBN978-4-06-290209-0

講談社
文芸文庫

講談社文芸文庫

青木淳選	建築文学傑作選	青木 淳——解
青山二郎	眼の哲学|利休伝ノート	森 孝——人／森 孝——年
阿川弘之	舷燈	岡田 睦——解／進藤純孝——案
阿川弘之	鮎の宿	岡田 睦——年
阿川弘之	論語知らずの論語読み	高島俊男——解／岡田 睦——年
阿川弘之	亡き母や	小山鉄郎——解／岡田 睦——年
秋山駿	小林秀雄と中原中也	井口時男——解／著者他——年
芥川龍之介	上海游記|江南游記	伊藤桂一——解／藤本寿彦——年
芥川龍之介・谷崎潤一郎	文芸的な、余りに文芸的な|饒舌録ほか 芥川vs.谷崎論争 千葉俊二編	千葉俊二——解
安部公房	砂漠の思想	沼野充義——人／谷 真介——年
安部公房	終りし道の標べに	リービ英雄-解／谷 真介——案
安部ヨリミ	スフィンクスは笑う	三浦雅士——解
有吉佐和子	地唄|三婆 有吉佐和子作品集	宮内淳子——解／宮内淳子——年
有吉佐和子	有田川	半田美永——解／宮内淳子——年
安藤礼二	光の曼陀羅 日本文学論	大江健三郎賞選評-解／著者——年
李良枝	由煕|ナビ・タリョン	渡部直己——解／編集部——年
石川淳	紫苑物語	立石 伯——解／鈴木貞美——案
石川淳	黄金伝説|雪のイヴ	立石 伯——解／日高昭二——案
石川淳	普賢|佳人	立石 伯——解／石和 鷹——案
石川淳	焼跡のイエス|善財	立石 伯——解／立石 伯——年
石川啄木	雲は天才である	関川夏央——解／佐藤清文——年
石坂洋次郎	乳母車|最後の女 石坂洋次郎傑作短編選	三浦雅士——解／森 英一——年
石原吉郎	石原吉郎詩文集	佐々木幹郎-解／小柳玲子——年
石牟礼道子	妣たちの国 石牟礼道子詩歌文集	伊藤比呂美-解／渡辺京二——年
石牟礼道子	西南役伝説	赤坂憲雄——解／渡辺京二——年
磯﨑憲一郎	鳥獣戯画|我が人生最悪の時	乗代雄介——解／著者——年
伊藤桂一	静かなノモンハン	勝又 浩——解／久米 勲——年
伊藤痴遊	隠れたる事実 明治裏面史	木村 洋——解
稲垣足穂	稲垣足穂詩文集	高橋孝次——解／高橋孝次——年
井上ひさし	京伝店の烟草入れ 井上ひさし江戸小説集	野口武彦——解／渡辺昭夫——年
井上靖	補陀落渡海記 井上靖短篇名作集	曾根博義——解／曾根博義——年
井上靖	本覚坊遺文	高橋英夫——解／曾根博義——年
井上靖	崑崙の玉|漂流 井上靖歴史小説傑作選	島内景二——解／曾根博義——年

▶解=解説 案=作家案内 人=人と作品 年=年譜を示す。 2022年1月現在